이 책은 2009년도 정부재원(교육과학기술부 인문사회연구역량강화사업비)으로 한국학술진흥재단의 지원을 받아 연구되었음(KRF-2009-322-A00093).

꾀꼬리 소리 봄바람에 실려

발간에 부쳐…

2008년 9월 설립된 이화여자대학교 중국문화연구소는 기존 어문학 중심의 연구에서 벗어나, 세부적인 학문 영역에 국한되지 않는 포괄적이고 심도 있는 전문 중국학 연구의 구심점이 되기 위해 노력하고 있습니다. 폭넓은 시야와 안목을 가진 전문 인력을 확보하고 다양한 정보를 공유함으로써 새로운 방법론을 창안할 연구 공간으로의 역할을 모색하고 있습니다. 특히 지역학 및 지역문화 연구, 여성문학 연구, 학제 간 연구를 중심으로 한 차별화된 전략을 통해 학문적 국제경쟁력을 강화하고 있습니다. 또한 급변하는 동아시아 및 국제사회에 적극적으로 대처하기 위해 실용성을 추구하면서 한중양국의 문화 창달에 기여하고 있습니다.

2009년 7월부터 본 연구소 산하 '중국 여성 문화·문학 연구실'에서는 '명대 여성작가 작품 집성—해제, 주석 및 DB 구축'이라는 프로젝트를 수행하게 되었습니다(한국연구재단 2009년 기초연구과제 지원사업, KRF—2009—322—A00093).

곧 명대 여성문학 전 작품을 대상으로 자료를 수집하여 주석, 해제하고 이에 대한 데이터베이스 구축을 위해 방대한 분량의 원문을 입력하는 작업으로, 이미 상당 부분 진행되었습니다. 정리 작업을 진행하면서 중요 작가를 중심으로 작품의 성취가 높은 것을 선별해 일반 독자에게 알리기 위해 연구총서의 일환으로 이를 번역, 출판하게 되었습니다.

이와 같은 연구 성과는 한국·중국 고전문학 내지는 여성문학 연구의 중요한 토대를 마련할 뿐 아니라, 동서양의 수많은 여성문학 연구가들에게 편의를 제공하게 될 것입니다.

이화여자대학교 중국문화연구소

소장 이 종 진

출판 서

　이화여자대학교 중국문화연구소는 한국연구재단의 지원 하에 「명대(明代) 여성작가(女性作家) 작품 집성(集成)—해제, 주석 및 DB 구축」이라는 과제를 수행하고 있습니다.

　2009년 7월부터 시작된 본 과제는 명대 여성들이 지은 시(詩), 사(詞), 산곡(散曲), 산문(散文), 희곡(戲曲), 탄사(彈詞) 등의 원문을 수집 정리하여 DB로 구축하고 주석 해제하는 사업으로 3년에 걸쳐 진행됩니다. 연구원들은 각자의 전공에 따라 자료를 수집 정리해 장르별로 종합한 뒤 작품을 강독하면서 주석하고 해제하고 있습니다. 이런 과정에서 우수 작가와 작품을 선별하여 출간하는 것이 본 사업의 의의를 확대할 수 있다고 판단되어 연차별로 4~5권씩 번역 출간하는 계획을 수립하였습니다.

　본 과제를 수행하는 데는 적지 않은 어려움이 따랐습니다. 첫째는 원 자료 수집의 어려움이었습니다. 북경, 상해, 남경의 도서관을 찾아 다니면서 대여조차 힘든 귀중본을 베끼고, 복사하거나 촬영하는 수고로움을 마다하지 않았습니다.

　둘째는 작품 주해와 번역의 어려움이었습니다. 전통시기의 여성 작가이기에 생애와 경력이 거의 알려지지 않은 경우가 대부분이어서 작품 배경을 살피기가 용이하지 않았습니다. 따라서 주해나 작품 해석에서 부딪치는 문제가 적지 않아 이를 해결하는 데 많은 수고가 따랐습니다.

　셋째는 작가와 작품 선별의 어려움이었습니다. 명청대 여성 작가에 대한 자료의 수집, 정리는 중국에서도 이제 막 시작된 분야이기 때문에 연구의 축적 자체가 적은 편입니다. 게다가 중국 학계에서는 그나마 발굴된 여성 작가 가운데 명대(明代)에 대한 우국충정(憂國衷情)이 강한 작가를 높이 평가하고 있습니다. 그러나 작품의 가치를 평가할 때 우국충정만이 잣대가 될 수는 없을 것입니다. 연구원들은 기존 연구가 전무하거나 편협한 상황 하에서 수집된 자료 가운데 더욱 의미 있는 작품을 고르기 위해 작품을 다각적으로 분석하고 여러 번 통독하는 수고를 감내했습니다.

우리 5명의 연구원과 박사급 연구원은 본 과제를 수행하기 위해 끝이 보이지 않는 수고를 감내하였습니다. 매주 과도하게 할당된 과제를 성실히 수행했을 뿐만 아니라 출간 계획이 세워진 다음에는 매주 두세 차례 만나 번역과 해제를 면밀히 검토하였습니다. 출간에 즈음하여 필사본의 이체자(異體字) 및 오자(誤字) 문제의 자문에 응해주신 중국운문학회회장(中國韻文學會會長), 남경사대(南京師大) 종진진(鐘振振)교수에게 감사드리며 아울러 윤독회에 빠지지 않고 참여해 주신 최일의 선생에게 심심한 감사를 전합니다.

본 작품집의 출간을 통해 이제껏 학계에서 간과되어 온 명대 여성작가와 작품들이 널리 알려져 명대문학이 새롭게 조명됨은 물론 명대 여성문학에 대한 평가가 새로워지길 바랍니다. 아울러 한중여성문학의 비교연구가 활발하게 시작되는 계기가 마련되길 기대합니다.

끝으로 본 기획의 가치를 높이 평가하고 쉽지 않은 출간에 선뜻 응해 준 '도서출판 사람들'에 깊은 감사를 표합니다.

2011년 2월

이화여자대학교 중국문화연구소
소장 이 종 진

역자서문

명대 문학은 통속문학의 대유행과 여성문학의 약진이 그 특징이라고 할 수 있다. 소설과 희곡의 통속문학은 대부분 희곡으로 연행되면서 명대 문화의 주류가 되었으며, 여성문학은 여성교육의 대두와 여성 지위의 제고라는 측면에서 명대 문화의 한 트렌드가 되었다. 이 가운데 여성문학은 여성만의 문화현상이 아니라 한 집안에서 한 지역으로, 다시 사회 전역으로 확산되는 명대적인 문화현상이었다고 할 수 있다. 이처럼 여성문학이 한 집안을 문학세가(文學世家)로 이끈 대표적인 경우로 오강(吳江) 심의수(沈宜修) 집안을 들 수 있다.

심의수는 희곡 창작과 희곡이론으로 유명한 오강 심씨 집안 출신으로 오강의 또 다른 문학세가 엽씨 집안으로 시집와서 명대를 대표하는 문학세가를 이루었다. 심의수 자신과 남편 엽소원, 그 사이에서 태어난 세 딸 엽환환, 엽소환, 엽소란과 아들 엽섭은 여성문학과 시론 분야에서 명대 문학을 대표한다고 할 수 있다. 특히 심의수 자신은 시사분야에서 최다 작품수를 보유하고 작품의 수준 또한 뛰어나서 명대 여성문학의 대표 작가로 자리매김하고 있다.

이처럼 명대를 대표하는 문학세가이지만 이로 인해 심의수를 비롯한 세 딸의 삶이 달라진 것은 아니다. 문학여성이라고 해서 명대 사대부여성의 규범에서 자유로웠던 것은 아니기 때문이다. 따라서 비범한 문학적 재능에도 불구하고 이들은 명대 여성의 삶을 충실히 살아가야 했으며, 이로 인해 이들이 노래한 시사의 내용은 '위대한 문학여성'의 삶을 보여주지는 않는다. 그들이 다른 여성들과 다른 점은 글을 통해 자신들의 삶을 노래했다는 데 있으며, 남성문인들과 다른 점은 불평등한 여성의 삶을 성실하고 진지하게 살아냈다는 데 있다.

심의수 사에 보이는 여성의 삶은 지금 우리세대의 삶의 모습과 크게 다르지 않다. 사이기에 더욱 섬세하게 묘사된 여성들의 일상생활, 감각적인 표현, 정서적인 감정 등은 21세기를 사는 우리들에게 삶의 지침을 제시해준다. 외롭고 무료한 일상, 감각적인 예민함, 비통한 슬픔에도 불구하고 그녀의 사는 힘든 그녀를 이해해주고 외로운 그녀와 대화를 나눠주며 슬픔에 빠진 그녀에게 말없는 위로를 건네는 지음(知音)이라고 할 수 있다. 우리가 심의수의 사에서 배워야하는 점은 바로 이러한 이해와 대화와 위로인 것이다.

이 책은 사후 남편 엽소원이 편찬한 『오몽당집(午夢堂集)』에 수록된 심의수의 사집(詞集) 「이취(麗吹)」의 190수 가운데 86수(약45%)를 선정하여 번역한 것이다. 심의수의 삶에 의거하여 '사계절의 노래' 33수, '절기상의 감회' 11수, '꿈과 사람의 그림' 11수, '혼자 부르는 이별가' 21수, '죽은 이를 그리는 애도가' 11수의 네 부분으로 나뉘어져 있다. '사계절의 노래'에서는 계절을 예민하게 느끼는 심의수 자신의 문학적 감수성을 살펴볼 수 있고, '절기상의 감회'에서는 명대 다양한 명절을 주도하는 여성들의 주체성을 엿볼 수 있으며, '꿈과 사람의 그림'에서는 심의수 특유의 몽환세계를 체험할 수 있으며, '혼자 부르는 이별가'에서는 숱한 이별로 상처받은 심의수의 여성적 삶을 그려볼 수 있으며, '죽은 이를 그리는 애도가'에서는 자식을 먼저 떠나보낸 어미의 슬픈 오열과 탄식을 들을 수 있다.

심의수 사는 갈수록 편폭이 길어지지만 사에 대한 이해는 도리어 쉬워진다. 편폭이 짧은 사는 개별 장면을 제시할 뿐 감정상의 연결에 주의할 여력이 없는데 그만큼 독자들이 읽는 데 불편하다. 이에 비해 편폭이 긴 사는 장면과 장면의 연결이 부드럽고 이에 따른 감정상의 연결도 자연스럽다. 이는 편폭상의 제한 때문일 수도 있지만, 갈수록 심의수가 사를 창작하는 실력도 늘었을 뿐만 아니라 또한 유난히 슬픈 삶의 경험이 도리어 그녀의 사에 자양분이 되지 않았나 생각된다.

명대 여성 작가 총서의 하나로 『심의수사선』을 내면서 여러모로 힘에 부쳤다. 그녀의 사는 남편, 세 딸과 긴밀하게 연결되어 있어서 이들의 작품을 함께 살펴보아야 했으며, 행여 관련된 일화라도 있으면 가족들의 작품을 모두 찾아보아야 했다. 또한 심의수의 생애를 연도별로 재구성하면서 그녀가 쓴 애도문과 여러 형제들의 심의수 행장을 살펴보아야만 했다. 이는 퍼즐을 맞출 때 주변의 퍼즐을 고려하면서 하나하나 맞춰 가야 하는 과정과 비슷하다고 할 수 있다. 이처럼 힘든 과정을 3년 동안 함께하고 늘 격려해주신 청음(淸音) 이종진 선생님, 어려운 구절마다 도움을 주시고 재미있고 유익한 문구로 에너지를 주신 최일의 선생님, 또한 3년간의 긴 모임을 통해 학문적으로나 정서적으로나 한층 더 가까워진 김의정, 강경희, 김지선, 정민경, 이은정 연구원에게도 감사드린다. 그리고 어려운 상황에도 불구하고 무지개 빛 고운 색상으로 명대여성작가 총서를 내주시는 도서출판 「사람들」의 사장님과 편집부께도 깊은 감사를 드린다. 마지막으로 이 책을 번역하는 내내 집안일을 도와준 남편 연성훈과 제 일을 스스로 알아서 해야 했던 제욱이와 제원이 두 아이들에게도 무한한 감사를 드린다.

2014년 5월
역주자 김수희 씀

차 례

사계절의 노래

혼자 부르는 이별가

죽은 이를 그리는 애도가

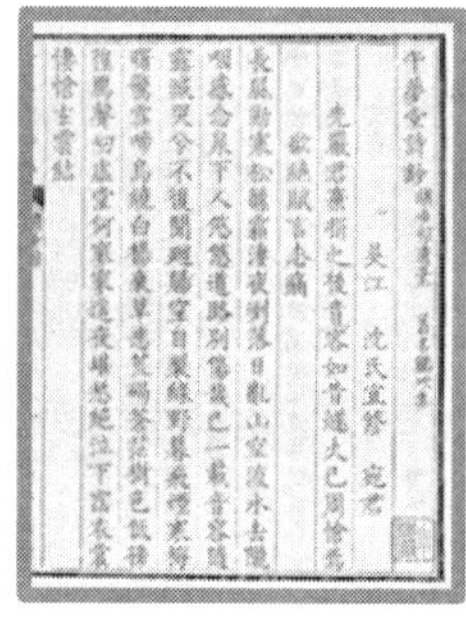

사계절의 노래

봄과 가을
그리고 여름 겨울
계절마다 수심이 있고
그때마다 노래가 있어

點絳脣 春閨

啼鳥嬌春,
細風吹向愁邊近.
斷腸難問.
嫩籜含新粉.¹⁾

夢遠天涯,
總是無憑準.²⁾
黃昏信,
落紅成陣,
賣盡東風恨.

『午夢堂集·鸝吹』

---

1) 新粉(신분): 새로 생긴 댓잎의 분가루. 이 구는 봄이 가서 슬픈 인간감
   정과 상관없이 자연은 싱그러운 모습을 보여주는 것을 가리킨다. 당(唐)
   왕유(王維)의 「산거즉사(山居卽事)」 시에 "푸른 대나무는 새 분가루 머
   금었고 붉은 연꽃은 옛 잎을 떨어뜨리네(綠竹含新粉，紅蓮落故衣)"라는
   구절이 있다.
2) 憑準(빙준): 의지하다. 근거하다.

점강순 봄날의 규방

봄날의 규방

새 우는 아름다운 봄
미풍이 근심하는 곳 가까이 불어오지만,
애끓어져 묻기 어려운데
여린 대껍질은 새 분가루 머금었네.

꿈은 하늘가를 맴돌지만
결국은 의지할 바 없네.
황혼녘 소식에
떨어진 꽃잎이 무더기를 이루며
봄바람의 한을 다 팔았다고 하네.

『오몽당집·이취』

【해설】 이 사는 봄의 수심을 노래하였다. 상편은 봄에 근심하면서 지내는 사이 여름이 다가온 것을 노래하였고 하편은 그리는 이의 꿈을 꾸는 사이 꽃이 다 흩날린 것을 노래하였다. 근심하는 자기 곁으로 불어오는 봄바람에게 묻기 어려운 말은 아마도 '봄이 얼마나 남았는가' 하는 말일 것이다. 결국 대나무에는 분이 오르고 꽃은 다 흩날리면서 봄이 가고 여름이 다가온다. 마지막 구에서 꽃이 지는 현상을 '팔았다[賣盡]'는 동사를 통해 표현한 것은 상업을 중시하는 명대(明代)적 특색이라고 할 수 있다.

浣溪沙　閨情

倚遍欄杆對夕陽.
柳條閒自掛愁長.
小池新綠臥鴛鴦.

黃鳥啼殘憐夜月,
梨花吹瘦惜餘香.
東風不管斷人腸.

『午夢堂集·鸝吹』

완계사 규정

규정

난간에 기대 석양을 마주하니
한가로운 버들가지엔 긴 수심 걸려있고
새로 푸르른 작은 연못엔 원앙새 누워있네.

노랑꾀꼬리 울음 그쳐 한밤의 달 가련하고
배꽃이 다 흩날려 남은 향기 안타까운데
봄바람은 사람이 애끓는지 상관하지 않네.

『오몽당집·이취』

【해설】 이 사는 봄날의 수심을 노래하였다. 상편은 난간에 기대 바라본 저녁풍경을 노래하였고 하편은 밤이 되어 꾀꼬리도 더 이상 울지 않고 배꽃도 봄바람에 다 떨어지면서 슬퍼지는 심사를 노래하였다. 상편의 풍경은 단순한 저녁풍경 같지만 남편과 함께하지 못하는 수심을 담고 있다. 남편과의 이별로 인해 슬퍼하는 가운데 봄이 가는 슬픔까지 어우러지면서 슬픔이 더욱 침중해진다.

浣溪沙 春日

細雨庭皐濕翠苕.[3]
深紅殘碧綴良宵.[4]
東風惹得燕嗔嬌.[5]

楊柳絲搖春不定,
梨花粉褪月無聊.[6]
年年空自鎖春饒.[7]

『午夢堂集·鸝吹』

---

3) 庭皐(정고): 정원의 물가.
　　翠苕(취초): 능소화.
4) 綴(철): 꾸미다. 장식하다. 점철(點綴)의 뜻이다.
5) 嗔(진): 성한 모습. 여기서는 많은 제비들이 지저귀는 것을 가리킨다.
6) 粉褪(분퇴): 꽃가루 색이 옅어지다. 달빛 속에 배꽃이 시드는 것을 가리
　　킨다.
7) 春饒(춘요): 봄에 지천인 것. 버들 솜과 배꽃이 많이 떨어진 것을 가리
　　킨다. 북송(北宋) 안기도(晏幾道)의 <어가행(御街行)·가남녹수춘요서(街
　　南綠樹春饒絮)>에 "길 남쪽의 푸른 나무 봄에는 버들 솜이 많구나(街南
　　綠樹春饒絮)"라는 구절이 있다.

완계사　봄날

봄날

이슬비가 정원물가에서 능소화를 적시어
짙붉은 꽃과 푸른 잎이 이 좋은 밤 꾸미는데
봄바람 불어와서 제비들 지저귀게 하네.

버들 실가지 흔들려도 봄은 멈추게 하지 못하고
배꽃 꽃가루 떨어져도 달빛 어쩌지 못하더니
해마다 부질없이 봄에 지천인 것을 가둬두네.

『오몽당집·이취』

【해설】 이 사는 늦봄의 밤풍경을 노래하였다. 상편은 이슬비에 여름에 피는 능소화가 무성해졌음을 말하였고 하편은 정원 안에 버들 솜과 배꽃이 많이 떨어진 것을 노래하였다. 상편에 초여름의 능소화를 묘사한 다음 하편에 늦봄의 버들 솜과 배꽃을 제기함으로써, 여름이 성큼 다가옴에 따라 봄이 정말로 가고 있다는 초조함을 효과적으로 표현해내었다.

浣溪沙 早春感悼 其二

簾外靑煙幾縷斜.
天邊寒色逗明霞.8)
疏梅點點綴瓊葩.

凍藥自敎秦管咽.
飛花還向蜀絃賒.9)
畫樓窗上只餘紗.

『午夢堂集·鸝吹』

---

8) 逗(두): 다다르다. 가까이 임하다. 도(到), 임(臨)의 뜻이다.
9) 賒(사): (거리가) 멀어지다.

완계사 이른 봄의 슬픔 제2수

이른 봄의 슬픔

주렴 너머 푸른 연기 몇 가닥 기울고
하늘가의 한기 밝은 노을에 다다른 때
성긴 매화 점점이 흰 꽃잎이 달려있네.

얼어붙은 꽃술 절로 진 관악기 흐느끼게 하고
흩날리는 꽃잎 다시 촉 현악기에서 멀어지니
채색 누대 창에는 얇은 비단만이 남았구나.

『오몽당집·이취』

【해설】 이 사는 이른 봄의 밤 추위에 매화가 지는 것을 슬퍼하였다. 상편은 저녁추위와 꽃이 핀 매화를 제시하였고 하편은 밤 추위에 매화 꽃술이 얼어붙고 꽃잎이 떨어진 것을 노래하였다. 마지막 구는 비단 창 앞에 매화가 사라진 것을 말하였는데, 비단에 그려진 매화그림에서 매화가 사라진 것 같은 느낌을 자아낸다.

菩薩蠻 仲春望前夜景

琅玕戛翠敲寒玉.[10]
參差弄影迴廊曲.
月色淨無塵.
花含一半春.

輕煙弄嫩柳.
梅落疏風候.[11]
橫碧掛星稀.
閒雲寂不飛.

『午夢堂集·鸝吹』

---

10) 琅玕(낭간): 푸른 대나무를 비유한다.
　　戛(알): 부딪히다. 스치다.
　　寒玉(한옥): 찬 옥. 제목상의 보름 전날의 달을 가리킨다.
11) 風候(풍후): 시절. 시기.

보살만 2월 보름 전의 밤경치

2월 보름 전의 밤경치

대나무 푸른 줄기 스치면서 찬 옥을 두드리고
들쭉날쭉 드리운 그림자 회랑에 굽이질 때
달빛은 티끌 없이 깨끗하고
꽃은 봄기운을 품고 있네.

옅은 안개 속에 실버들 흔들리고
매화 지며 꽃잎 성겨지는 이 시절
긴 하늘에 걸려있는 별 희미하고
한가한 구름 고요하니 떠가지 않네.

『오몽당집·이취』

【해설】 이 사는 2월 보름 전의 밤경치를 노래하였다. 상편은 보름달에 가까운 밝은 달과 반쯤 피어난 꽃봉오리를 노래하였고 하편은 이른 봄의 한적한 밤하늘을 묘사하였다. 밤풍경을 별다른 감정의 개입 없이 객관적으로 묘사하였다.

望江南 湖上曲十二関 其一

余自初笄時, 隨姑大人往天竺禮大士,[12] 過西湖堤上, 時值暮
秋, 疏柳環煙, 嵐光凄碧, 迴波清淺, 掩映空山, 恨不能週覽湖
光山色, 悵然別歸, 徒然神往.
至戊辰歲已二十年矣, 復隨姑大人再禮大士過此,[13] 時落紅將
盡, 餘綺翻風,[14] 細草茸靑, 鳥啼碧野, 聊欲登覽.
又已斜日銜山, 暝煙籠樹, 大人急問歸途, 已月出矣. 時正暮春
十日, 遙憶湖光泛影, 山色浮嵐, 此際不知是何景也. 聊作望江
南十二関, 以紀其略, 惜余之遊非遊, 愧余之詞非詞爾.

湖上柳,
羅帶舞風輕.
煙裊千條眠曉日,
絲垂萬縷拂春城.
飛絮落繁英.

寒食後,
綠鏡遠山橫.[15]
自少灞陵橋上折,

---

12) 天竺(천축): 절강성(浙江省) 항현(杭縣)에 위치한 천축사(天竺寺). 하천축
사(下天竺寺), 중천축사(中天竺寺), 상천축사(上天竺寺)로 나뉘는데 모두
서호(西湖) 부근에 있다.

13) 姑大人(고대인): 고모 장유인(張孺人). 심의수의 「표매장천천전(表妹張倩
倩傳)」에는 '금모장씨(妗母張氏)'라고 하여 장씨를 '외숙모[妗母]'라고 하
였는데 심의수 어머니의 성이 고씨(顧氏)인 것으로 미루어볼 때 장유인
은 장씨(張氏)에게 시집간 고모인 것으로 생각된다.

14) 餘綺(여기): 노을을 비유한다. 남조(南朝) 제(齊)나라 사조(謝朓)의 「만등
삼산환망경읍(晚登三山還望京邑)」 시에 "남은 노을 흩어져 무늬비단 되
고 맑은 강은 깨끗하기가 흰 비단 같구나.(餘霞散成綺, 澄江靜如練)"라
는 구절이 있다.

15) 이 구는 거울처럼 맑은 서호의 수면에 주변의 산이 비치는 것을 가리킨
다.

망강남 호수의 노래 열두 곡 제1수

내가 처음 비녀를 올렸을 때(1608, 19세) 고모 장유인을 따라 천축사에 가서 대사에게 예를 드렸다. 서호의 제방을 지날 때 마침 늦가을이었다. 성긴 버드나무는 안개에 둘러싸였고 이내 빛은 싸늘한 푸른색이었다. 감도는 물결은 맑고 얕아 텅 빈 산이 비쳤는데, 한스럽게도 호수와 산의 풍경을 두루 보지 못하고 슬프게도 그곳을 떠나 돌아와서 부질없이 마음으로나마 노닐었다.

무진년(1628, 39세) 세월이 벌써 이십 년이 되었을 때 다시 고모 장유인을 따라 대사에게 다시 예를 올리려고 이곳에 들렀다. 이때 꽃이 다 지려 하고 노을에 바람 부는데 가는 풀은 소복하게 푸르고 새가 푸른 들판에서 울기에 아쉬운 대로 올라서 바라보고자 하였다. 또다시 벌써 지는 해가 산에 걸리고 저녁 안개가 나무를 감싸기에 대사께서 돌아가는 길을 급히 물으셨는데 이미 달이 떠올랐다. 때는 바로 음력 3월 10일, 호수 면에 그림자 떠있고 산에 이내 떠있는 장면을 아득히 떠올리지만 요즘은 풍광이 어떠한지 알지 못하겠다. 아쉬운 대로 「망강남」 12수를 지어 그 대략적인 모습을 기록한다. 나의 유람이 진정한 유람이 아니었음을 애석해하고 나의 사가 뛰어난 작품이 아님을 부끄러워할 따름이다.

서호의 버들
비단 띠처럼 바람결에 가벼이 춤추누나.
안개 속에 어른대는 수많은 가지 새벽햇살에 잠들다
실처럼 드리운 수많은 줄기 봄의 도성에 스치니
버들 솜 날리어 만발한 꽃에 떨어진다.

한식 지난 후
푸른 거울에는 먼 산이 가로 누웠다.
어릴 때부터 파릉교 위에서 꺾이고

長如芳苑殿前盈.[16]
渾欲不勝情.

『午夢堂集·鸝吹』

---

16) 芳苑殿(방원전): 건물이름. 그 위치는 정확하게 알 수 없다. 여기서는 사
  랑을 나누는 대표적인 장소를 가리킨다.

다 자라서는 방원각 앞에 가득하니
도통 정을 이기지 못하는구나.

『오몽당집·이취』

【해설】이 사는 숭정(崇禎) 원년(1628, 39세) 3월 10일 고모 장씨(張氏),
셋째 딸 엽소란과 함께 항주(杭州) 천축사(天竺寺)에 예불 드리러 갔을 때
서호를 지나다가 서호에 왔던 옛 기억을 떠올리고 감개무량하여 지은 작
품이다. 작품의 서문에 이 사의 창작배경이 상세하게 기록되어 있다.
이 작품은 「호상곡십이결(湖上曲十二闋)」 가운데 제1수로 서호의 버드나
무를 노래하였다. 상편은 서호 주변의 버들가지가 흔들리면서 버들 솜이
날리는 모습을 노래하였고, 하편은 버드나무가 이별의 장소에 위치하면서
이별의 징표로 활용되는 것을 말하였다. 버들가지가 새벽햇살 속에 어른
거리다가 바람결에 확 펼쳐지면서 버들 솜이 날리게 되는 과정을 세밀하
게 포착하여 묘사하였다.

29

望江南 湖上曲十二関 其二

湖上山,
一抹鏡中彎.
南北峰高青日日,
東西塔鎖碧環環.¹⁷⁾
淡掃作雲鬟.

微雨過,
滿袖翠紅斑.¹⁸⁾
石磴半連煙繚繞,¹⁹⁾
蔓蘿深護澗潺湲.²⁰⁾
遙望四天間.

『午夢堂集·鸝吹』

---

17) 環環(환환): 둥글고 굽은 모양.
18) 滿袖(만수): 소매에 가득하다. 소매는 산자락을 비유한다.
19) 繚繞(요요): 둘러싸다.
20) 深護(심호): 심하게 뒤덮고 있다. 넝쿨이 무성한 것을 가리킨다.
     潺湲(잔원): 물이 졸졸 흐르는 소리.

망강남　열두 곡의 호수의 노래 제2수

서호의 산

서호의 산
단번에 거울 속에 굽은 모습 그려내네.
남북으로 높은 산봉우리 날마다 푸르고
동서로 잠근 석탑은 둥글둥글 푸른데
맑게 씻기어 구름머리 만들어내네.

이슬비 지나가고
소매 가득 푸른 잎과 붉은 꽃이 섞여있네.
돌길은 에도는 안개 속에 반쯤 이어지고
넝쿨은 졸졸대는 계곡물을 깊이 보호하는데
저 멀리 사방의 하늘을 바라보네.

『오몽당집·이취』

【해설】 이 사는 「호상곡십이결(湖上曲十二関)」 가운데 제2수로 서호의
산을 노래하였다. 상편은 서호 주변의 산과 석탑이 여인의 올림머리처럼
풍성한 모습을 보이는 것을 노래하였고 하편은 비가 내린 후 돌길이 안개
에 덮이고 넝쿨이 무성해지는 변화가 있는 것을 그려내었다.

望江南 湖上曲十二闋 其十

湖上雪,
銀礫散奩華.
黃竹歌殘山夜月,21)
瓊林玉墜鏡臺花.22)
沙雁泣悲笳.

梅竹畔,
粉蕊落輕紗.23)
柳葉不分張黛巧.24)
絮團還遶謝簾斜.25)
白屋萬人家.

『午夢堂集·鸝吹』

---

21) 黃竹(황죽): 주(周) 목왕(穆王)이 지었다는 시의 제목. 『목천자전(穆天子傳)』에 의하면, 주(周) 목왕(穆王)이 평택(萃澤)에 가서 사냥할 때 해가 중천인데도 북풍이 불고 눈이 내려서 추위에 언 사람이 있었는데 이 작품을 지어 그를 슬퍼했다고 한다. 歌殘(가잔): 노래가 다하다. 원래는 눈이 그친 것을 가리키는데 여기서는 버들 솜이 날린 것을 의미한다.

22) 瓊林(경림): 옥색의 숲. 여기서는 버들 솜이 덮인 숲을 비유한다.

23) 粉蕊(분예): 꽃가루. 버들 솜을 가리킨다.

24) 張黛(장대): 서한(西漢) 장창(張敞)이 부인 눈썹을 그려준 일을 가리킨다.

25) 謝簾(사렴): 동진(東晉) 사씨(謝氏) 집안의 주렴. 사안(謝安)이 눈 오는 날 눈에 대해 묻자 사도온(謝道韞)이 눈이 바람결에 날리는 버들 솜만 못하다고 대답한 일화가 있다.

망강남　열두 곡의 호수의 노래 제10수

서호의 눈

서호의 눈
은 싸라기가 한 바구니 꽃을 뿌리네.
「황죽」 노래 다하니 밤중 산속에 달이 뜬 듯
옥 숲의 옥이 떨어지니 경대에 꽃이 핀 듯
모래톱 기러기 슬픈 피리소리를 울어대네.

매화와 대나무 주변
눈꽃가루가 얇은 비단에 떨어지네.
버들잎은 장창(張敞)의 잘 그린 눈썹과 구분되지 않고
버들 솜은 사씨(謝氏)의 비스듬한 주렴을 다시 맴돌면서
수많은 집을 하얀 지붕으로 만드네.

『오몽당집·이취』

【해설】 이 사는 「호상곡십이결(湖上曲十二関)」 가운데 제10수로 서호에
버들 솜이 날리는 풍경을 설경(雪景)에 비유하여 노래하였다. 작자가 서호
에 이른 때는 음력 3월 10일로서 실제로 본 풍경은 바로 버들 솜이 날리
는 장면이었을 것이다. 상편은 버들 솜이 눈처럼 날려서 달이 뜨고 꽃이
핀 듯한 착각을 불러일으키는 것을 노래하였고 하편은 두 개의 전고(典
故)를 통해 버들잎과 버들 솜을 노래하였다. 마지막 구에서 다시 설경으로
마무리하여 전편이 한 폭의 설경 산수화처럼 느껴지도록 하였다.

蝶戀花 感懷

猶見寒梅枝上小.26)
昨夜東風,
又向庭前遶.
夢破紗窓啼曙鳥.
無端不斷閒煩惱.

却恨疏簾簾外渺.
愁裏光陰,
脉脉誰知道.27)
心緖一砧空自搗.
沿階依舊生芳草.

『午夢堂集·鸝吹』

---

26) 寒梅(한매): 매화.
27) 脉脉(맥맥): 막막하다. 내심의 감정을 말없이 눈빛으로 표현하는 것.

접련화　감회

감회

여전히 매화가 가지 위에 줄어든 모습 보자니
어젯밤 봄바람이
또 정원 앞을 맴돌았나봐.
꿈 깨진 비단 창에 아침 새 우는데
까닭 없고 끊임없는 한가로운 번뇌.

도리어 주렴 너머 아득하다고 성긴 주렴 한하나니
근심 속의 세월
막막한 심정 그 누가 알리오.
마음이 다듬잇돌처럼 공연히 두근대는 건
계단 따라 예전처럼 봄풀이 돋아서라.

『오몽당집·이취』

【해설】 이 사는 봄이 다가오면서 드는 복잡한 심경을 노래하였다. 상편은
매화가 지면서 봄이 다가오지만 여전히 그리움 때문에 근심하고 있음을
말하였고, 하편은 혼자서 기다리며 보낸 긴 세월에도 불구하고 또다시 봄
을 맞아 기대하게 되는 심정을 표현하였다.

風中柳 感舊

靑小荷錢,[28)]
蓮底藕絲縈抱.[29)]
憶當年、瓊簫繚繞.[30)]
妝臺簾捲,
看穠桃夭好.
有誰憐、杜鵑啼老.

掩盡重門,
只恐春風吹到.
對朝雲、西樓半遠.
愁懷如許,
料天還知道.
碧窓月、舊時曾照.

『午夢堂集·鸝吹』

---

28) 荷錢(하전): 처음 난 작은 연잎. 동전 같이 생겨서 '하전'이라 한다.

29) 藕絲(우사): 연뿌리를 잘랐을 때 나타나는 가늘고 투명한 실. 끊임없이 이어지는 속성으로 인해 남녀 간의 끈끈한 정을 비유하게 되었다.

30) 瓊簫(경소): 옥퉁소. 이 구는 퉁소를 불며 사이좋게 지낸 소사(蕭史)와 농옥(弄玉) 부부처럼 부부의 정이 좋았음을 의미한다.

풍중류 옛일에 대한 감회

옛일에 대한 감회

푸르른 작은 연잎
연 밑에 연실이 감겨있구나.
그해를 생각하면 퉁소소리 맴도는 가운데
누대는 주렴이 걷혀 있고
복사꽃처럼 아름다운 이 보였었는데.
뉘라서 울다 지친 두견새를 가여워할까.

겹 문을 다 닫은 건
봄바람이 불어올까 걱정해선데
아침구름 대하니 서루를 반쯤 감쌌구나.
이러한 수심을
하늘은 그래도 알아주리라 생각하나니
푸른 창의 저 달은 예전에도 비쳤으니까.

『오몽당집·이취』

【해설】 이 사는 함께 지내던 즐거운 시절을 떠올리며 현재 홀로지내며 근심하는 자신을 위로하였다. 상편은 퉁소를 불며 부부간에 정겹게 지내던 시절을 노래하였고 하편은 봄을 등진 채 누대에서 홀로 근심하는 상황을 노래하였다. 제1~2구에서 끊어지지 않고 이어지는 연실을 제시한 점이 『시경(詩經)』의 흥(興)의 수법과 유사하다.

鳳凰臺上憶吹簫 步月

簾影橫埒,
翠綃垂幌,
畫欄芳徑苔肥.
看小庭煙醉,
白月澄漪.
簾外將舒玉蘂,
尋萼夢、雪汗凝蕤.[31]
金壺送,[32]
迴廊靜悄,
墨灑花篩.

微微.
羅衣耐冷,
雙繶向輕陰,[33]
夜漸闌時.
想夕陽初下,
雲樹參差.[34]
又是嬋娟千里,
長相見、澹景霏霏.[35]

---

31) 萼(악): 꽃봉오리. 여기서는 매화를 가리킨다.
32) 金壺送(금호송): 시간이 가다. 당(唐) 우세남(虞世南)의 「능신조조(凌晨早朝)」 시에 "청동 물시계 새벽 시침을 전송하네(金壺送曉籌)"라는 구절이 있다.
33) 雙繶(쌍억): 두발로 걷다. 원래는 신발 끈인데 신발을 신고 걷는 것을 가리킨다.
34) 參差(참치): 가지런하지 못한 모양.
35) 霏霏(비비): 농밀하고 성한 모양.

봉황대상억취소 달빛 아래 산책하다

달빛 산책

주렴 그림자 계단에 가로 놓이고
푸른 비단이 휘장에 드리웠는데
채색 난간 향긋한 길에 이끼가 다복하네.
안개에 취한 작은 정원에
하얀 달빛 일렁이는 모습을 보네.
주렴 밖에 흰 꽃 피려는데
매화 찾는 꿈속에선 눈이 녹아 맺혀 있었지.
시간이 가면서
회랑 고요해지고
먹빛 어둠이 꽃 장식에 뿌려지네.

가벼운 바람
비단 옷으로 추위를 견디다
옅은 어둠속에 두발로 걷자니
밤이 점점 다하는 때라네.
생각해보면 석양이 질 무렵
구름가의 나무 크고 작았는데
또 고운 달빛이 천리에 비치니
늘 보듯이 맑은 풍경 성해지네.

還待去,36)
濃香軟疊,
繡幕重幃.

『午夢堂集·鸝吹』

다시 가야만 하리
진한 향기 부드러이 쌓이는
수놓인 장막 겹겹 휘장 안으로.

『오몽당집·이취』

【해설】 이 사는 이른 봄 달빛 아래 산책하는 것을 노래하였다. 상편은 달
밤에 산책하면서 안개 낀 정원에 달빛 어린 모습과 매화를 살펴보느라 시
간이 경과했음을 노래하였고, 하편은 날이 밝을 때까지 산책하다 다시 규
방으로 돌아가야 함을 노래하였다. 피어나는 매화를 보고 꿈에 본 모습을
떠올리거나 석양 무렵과 달밤풍경을 비교함으로써 익숙하던 사물과 풍경
이 새롭고 낯설게 인식되는 상황을 노래하였다.

聲聲慢 倣舊人作, 韻用八聲字

春光難問,
煙草忘情,37)
憑將絲管新聲.
宮額初消,38)
雕梁紫燕聲聲.
湘簾半捲,
影碧畫欄干,
幾樹鵑聲.
杏花下,
把瓊簫低按,
試學秦聲.39)

綺陌香車競艶,
聽清歌、緩緩是處春聲.40)
小院人閒,
飛花悄悄無聲.41)
松風忽來繡戶,
韻生凉、吹作濤聲.42)

---

37) 忘情(망정): 희노애락(喜怒哀樂)의 감정을 잊다.
38) 宮額(궁액): 고대 궁중의 여인들이 이마에 노란색 문양을 바르던 화장
   법. 이 구는 새벽까지 임을 기다리는 바람에 화장이 다 지워진 것을 가
   리킨다.
39) 이 구는 진(秦) 목공(穆公)의 딸 농옥(弄玉)이 남편 소사(蕭史)에게 피리
   를 배운 것처럼 부부간의 정이 돈독하길 바라는 마음을 표현하였다.
40) 緩緩(완완): 느리고 완만하다.
   是處(시처): 도처에서. 곳곳에서.
41) 悄悄(초초): 고요하고 적막한 모양.
42) 濤聲(도성): 파도 소리. 솔바람 소리를 가리킨다.

성성만 옛 작품을 본받아 8개의 '성(聲)'자로 압운하다

여덟 가지 소리의 노래

봄빛은 묻기 어렵고
봄풀은 정을 잊었기에
의지해보는 피리의 새 곡조 소리.
궁궐 식 이마화장 막 지워질 때
들보 제비가 내는 지지배배 소리.
상죽(湘竹) 주렴을 반쯤 걷으면
채색 난간에 푸른 그림자 드리운
몇 그루 나무속의 두견새 소리.
살구꽃 아래
옥피리 잡고서 낮은 음 눌러
한번 내보는 진땅의 소리.

번화한 거리에서 수레타고 고운 자태 다투면서
맑은 노래 듣는데 느긋하니 도처의 봄 소리.
작은 정원에 사람 한가한데
날리는 꽃 고요히 나지도 않는 소리.
솔바람 갑자기 비단 문에 다가와서
시원한 운치 자아내며 불어대는 파도 소리.

更有那,
柳楊外、鶯語數聲.

『午夢堂集‧鸝吹』

게다가 어쩌랴
버드나무 저 너머 몇 마디의 꾀꼬리 소리.

『오몽당집·이취』

【해설】 이 사는 봄에 들리는 여덟 가지 소리를 묘사하였다. 상편은 피리소리, 제비소리, 두견새소리, 퉁소소리를 제시했는데 기다림의 생활 속에서 듣게 되는 소리들이며, 하편은 봄노래소리, 꽃 지는 소리, 솔바람소리, 꾀꼬리소리를 제시했는데 기다리는 사람의 정서를 자극하는 주정적(主情的)인 소리들이다. 다양한 소리를 통해 기다리면서 지내는 생활상과 기다림의 깊은 슬픔을 표현해내었다.

浣溪沙 仲夏卽事[43]

喜得新來幾日閒.[44]
半晴梅雨綠窗間.
小池初漲碧灣灣.[45]

處處鳩啼簾不捲,[46]
時時花落草成斑.
輕雲飛去隔靑山.

『午夢堂集·鸝吹』

---

43) 仲夏(중하): 음력 5월. 한여름.
44) 新來(신래): 근래(近來).
45) 灣灣(만만): 굽이치다.
46) 鳩啼(구제): 비둘기가 울다. 비가 오려는 징조를 가리킨다.

완계사 한여름 눈앞의 풍경을 읊다

한여름 풍경

기쁘게도 근래 며칠 한가로웠는데
푸른 창가에 장맛비가 거의 개더니
작은 연못 막 불어나며 푸른 물결 굽이친다.

여기저기 비둘기 울기에 주렴 걷지 않았는데
수시로 꽃잎 져서 풀에 얼룩지더니
옅은 구름 청산 너머로 날아가누나.

『오몽당집·이취』

【해설】 이 사는 매우(梅雨)가 그친 후의 5월 풍경을 노래하였다. 상편은
매우가 그치면서 연못물이 불어남을 말하였고 하편은 비가 그친 뒤 꽃이
지고 구름이 사라지는 것을 노래하였다. 비가 와서 며칠 동안 주렴을 치고
한가하게 보내서인지 비가 그친 것을 기뻐하는 심정이 나타난다.

柳梢靑　初夏

綠暗薇屏.⁴⁷⁾

紅飄荇鏡,⁴⁸⁾

春付浮萍.

束素寒消,⁴⁹⁾

薄羅香細,

數盡歸程.

新篁翠徑初成.

微雨後、荷珠濺傾.

玉管聲沈,

桐花影外,⁵⁰⁾

一段閒情.

『午夢堂集·鸝吹』

---

47) 薇屛(미병): 고비 무늬가 그려진 병풍. 고비는 고빗과의 여러 해살이 풀
　　로 줄기와 잎이 대부분인데 이를 병풍에 그려 넣은 것이다.

48) 荇鏡(행경): 마름 문양이 그려진 거울.

49) 束素(속소): 비단 한 묶음. 전국(戰國)시대 송옥(宋玉)의 「등도자호색부
　　(登徒子好色賦)」에 "허리는 비단 한 묶음 같다(腰如束素)"는 구절로 인
　　해 여인의 가녀린 허리와 팔다리를 가리키게 되었다.

50) 影外(영외): 오동나무 그림자가 정원 밖으로 드리우는 것을 가리킨다.

유초청 초여름

초여름

초록 잎 그늘진 고비 무늬 병풍
붉은 꽃 날리는 마름 문양 거울
봄은 부평초에게 넘겨주었네.
한 줌 비단옷에 추위가 가시고
얇은 비단옷에 향기가 가늘어지도록
돌아올 여정을 세고 또 세었네.

새로 난 대나무의 푸른 길 막 생겼는데
이슬비 내린 뒤 연잎이슬 흩뿌리며 기우네.
옥피리는 그 소리 잦아들고
오동 꽃은 그림자가 담 밖으로 넘어가는데
한 조각 한가로운 이 마음.

『오몽당집·이취』

【해설】 이 사는 봄을 보내고 초여름을 맞는 심정을 노래하였다. 상편은 여름이 오기 전까지 내내 남편이 돌아오기만을 바라며 초조하게 지냈음을 말하였고 하편은 초여름이 되면서 점차 한가해지는 심정을 노래하였다. 봄에서 여름으로 계절이 바뀌면서 자신의 심정 또한 점차 한가하게 변화함을 말하였다.

水龍吟 六月二十四日和仲韶

碧天淸暑凉生,
流鶯啼徹閑庭院.
又逢佳景,
誰家遊冶,
芰裳蘭釧.
曲岸扶疏,[51]
遙山晻映,[52]
鉛華勻遍.[53]
看盈盈無數,
簾鉤畫舫,
煙渚落霞千片.

一望臙脂簇錦,
恍當年、館娃遺鈿.[54]
朱顔旣醉,
粧窺水鏡,
珠翻團扇.

---

51) 扶疏(부소): 빙 둘러 있는 모양.
52) 晻映(엄영): 서로 가리는 모양. 여기서는 산이 겹쳐있어 그늘진 모습을
 가리킨다.
53) 鉛華(연화): 부녀자들의 화장용 흰 분가루.
54) 恍(황): 마치~같다. 방불하다.
 館娃(관왜): 춘추(春秋) 시기 오왕(吳王) 부차(夫差)가 서시(西施)를 위해
 지은 궁궐 이름. 현재 강소성(江蘇省) 소주시(蘇州市) 영암산(靈巖山) 위
 에 옛 터가 남아있다.
 遺鈿(유전): 비녀를 떨어뜨리다. 남녀가 함께 즐기는 일을 가리킨다. 당
 (唐) 현종(玄宗)은 매년 10월 화청궁(華淸宮)에 행차하여 양귀비(楊貴妃)
 일가와 함께 비녀가 땅에 떨어지고 신발이 벗겨질 정도로 즐겼다 한다.

수룡음 6월 24일 엽소원에게 화답하다

6월 24일 남편에게 화답하여

푸르른 날 더위 피하니 시원해지는데
꾀꼬리 울음 그친 한가한 정원이지요.
또다시 좋은 풍경 만나서
누군가 나들이하는데
마름 치마에 난초 팔찌 했지요.
굽이진 언덕 빙 둘러있고
먼 산은 그늘져 있는데
흰 분을 고루 발랐지요.
수없이 가득 메운
주렴 걷힌 화려한 배와
안개 물가의 수많은 저녁노을 보지요.

연지 바르고 모여든 비단 옷 여인들 둘러보니
마치 관왜궁에서 비녀 떨어드린 그해 같아요.
붉은 얼굴 이미 취했기에
화장 고치러 거울 수면 엿볼 때
물방울이 둥근 부채에 튀었었지요.

露濕雲凝,
六郎何似,⁵⁵⁾
比將花面.
還羨取十里香風,
皓月素波長見.

『午夢堂集·鸝吹』

---

55) 六郎(육랑): 이육랑(李六郎). 당(唐) 현종(玄宗).

이슬 축축하고 구름 엉길 때
육랑께서 무엇과 같았냐하면
꽃 얼굴에 비할 만하였지요.
아직도 십리 길 연꽃 바람 속에서
환한 달빛 흰 물결을 길이 보는 이들이 부러워요.

『오몽당집·이취』

【해설】 이 사는 숭정 4년(1631, 42세) 6월 24일 남편 엽소원이 지은 〈수룡음〉사에 자녀들과 더불어 화답한 작품이다. 6월 분호(汾湖)에서 나들이 하며 보고 느낀 바를 노래하였다. 상편은 정원에서 더위를 피하다가 곱게 단장하고 분호로 나들이 가는 것을 말하였고 하편은 호숫가에서 예전 추억을 떠올리며 남편과 길이 함께 있길 바라는 심정을 노래하였다. 숭정 3년(1630, 41세) 12월 남편 엽소원이 북경의 관직생활을 그만두고 돌아온 후 가족들과 함께 생활하였는데, 이 사는 가족들과 함께 시사(詩詞)를 주고받으며 유유자적하게 생활하던 당시의 생활상을 보여준다.

如夢令 秋暮

平野遙連湘渚.
暮色凉生碧樹.
待望月華明,
愁聽閒宵風雨.
無緒.56)
無緒.
最是寒煙數縷.

『午夢堂集·鸝吹』

---

56) 無緒(무서): 두서가 없다.

여몽령 가을저녁

가을저녁

넓은 들판 아득히 상수가로 이어지는데
저녁노을 서늘함이 푸른 나무에서 생겨나네.
밝은 달빛 보고자 했건만
고요한 이 밤에 비바람 소리 근심스레 들려오네.
무심하건
무심한건
싸늘한 안개 몇 가닥이 제일이라네.

『오몽당집·이취』

【해설】 이 사는 가을저녁 비가 오면서 슬퍼지는 심사를 노래하였다. 나그네가 떠도는 '상수가[湘渚]', 집으로 돌아오는 '저녁노을[暮色]', 그리운 이가 생각나는 '달밤[月華明]' 등을 언급하여 남편이 떠나고 없는 상황을 암시하였다. 이러한 가을밤에 비까지 내려 더욱 슬퍼지는 심사를 노래하였다.

如夢令 寒夕

風月天邊長美.
佳興如之何矣.
蕭瑟滿疏林,
慣與愁懷相倚.
何似.
何似.
楓落年年流水.

『午夢堂集·鸝吹』

여몽령 추운 저녁

추운 저녁

바람 불고 달뜨는 하늘가는 늘 아름다우니
고아한 흥취를 어이하련가.
소슬함 가득한 앙상한 숲
늘 근심스런 심정과 의지하누나.
무엇 같은가
무엇 같은가
해마다 단풍잎 떠가는 강물이로다.

『오몽당집·이취』

【해설】 이 사는 추운 저녁 하늘가를 바라보며 늘 근심하는 것을 노래하였
다. 자신의 수심을 붉은 단풍잎이 떠가는 강물에 비유하여 그 형상성이 뛰
어나다.

浣溪沙 秋思 其一

束盡纖羅不禁秋.
白蘋風浪幾時休.
斷腸明月又如鉤.

露濕叢花三徑老,57)
簾移疏影一庭幽.
清砧久欲倚重樓.

『午夢堂集·鸝吹』

---

57) 三徑(삼경): 세 갈래 길. 은거하는 사람의 정원을 가리킨다. 진(晉) 조기
(趙岐)의 『삼보결록(三輔決錄)』에 의하면, 장후(蔣詡)가 귀향하여 집안의
삼경(三徑) 밖으로 나가지 않은 채 오직 세 친구와 교유하며 지냈다고
한다.

완계사　가을상념 제1수

가을상념

얇은 비단옷 여며도 가을기운 막지 못하는데
흰 마름 뜬 물결에 바람은 언제 그칠까
애끊는데 밝은 달은 또 갈고리 같구나.

이슬 젖은 꽃 무더기 세 갈래 길에 시들었고
주렴에 옮겨가는 옅은 달그림자 온 정원에 그윽한데
다듬이소리 속에 오래도록 층루에 기대련다.

『오몽당집·이취』

【해설】 이 사는 가을밤을 노래하였다. 상편은 가을에 바람 불고 초승달이 떴음을 노래하였고 하편은 이슬이 내리고 달이 질 때까지 층루에 기대 다듬이 소리를 들으려는 것을 노래하였다. 다듬이 소리는 멀리 간 남편에게 겨울옷을 보내기 위해 밤늦도록 일하는 여인들의 마음을 대표하는 것으로, 이 소리를 들으며 오래도록 누대에 머물겠다는 것은 자신의 심정 또한 그와 별반 다르지 않음을 나타낸다.

浣溪沙　秋思　其二

細雨浮煙隔絳紗.[58]
銀牀寂寞鎖寒花.[59]
可堪秋思正無涯.

半渚西風催怨葉,
一天落日送歸笳.
奈敎閒悶暮雲睃.[60]

『午夢堂集·鸝吹』

---

58) 絳紗(강사): 붉은 휘장.
59) 寒花(한화): 추운 시절에 피는 꽃. 국화를 가리킨다.
60) 睃(사): 소실되다. 줄어들다.

완계사 가을상념 제2수

가을상념

붉은 휘장 너머 가랑비와 안개기운
적막한 은빛 침상에 국화처럼 갇혔으니
한창 가없는 가을심사를 어찌 견디랴.

물가의 가을바람 낙엽의 원성을 재촉하고
하늘의 지는 해는 피리의 메아리소리 보내는데
어이하면 한가한 번민 저녁구름처럼 사라질까.

『오몽당집·이취』

【해설】 이 사는 가을비 내리면서 슬퍼지는 심사를 노래하였다. 상편은 비
와 안개 때문에 휘장 안에 갇혀서 근심하는 것을 말하였고 하편은 휘장
안에서 낙엽소리와 피리소리를 듣자니 번민이 사라지지 않는 것을 말하였
다. 자신을 '국화[寒花]'에 비유하였는데, 북송(北宋) 이청조(李淸照) 취화
음(醉花陰)의 '사람이 국화보다 여위었네(人比黃花瘦)'라는 구절을 연상
시킨다.

浣溪沙 偶成

日午庭皋一葉飛.
世間莫問是何非.
且看征雁傍雲低.

苔上淺痕隨步緩,
欄前閒影任花移.61)
不須重論古今時.

『午夢堂集·鸝吹』

---

61) 任(임): 좇다. 따르다. 추(趨)의 뜻이다.

완계사 우연히 짓다

우연히

정오의 정원물가에 나뭇잎 한 장 날리는데
세상에선 이것이 어찌 그른지 묻지 않기에
잠시 구름 곁을 낮게 나는 기러기를 보노라.

이끼 위의 희미한 발자국 걸음마다 느려지고
난간 앞의 한가한 그림자 꽃 따라 옮겨가니
고금 시절을 다시 논할 필요 없으리라.

『오몽당집·이취』

【해설】 이 사는 정오에 정원의 물가를 지나다가 우연히 나뭇잎 한 장이 떨어지는 광경을 보고 불안해지는 심정을 노래하였다. 상편은 나뭇잎 한 장이 떨어지는 광경을 보고 뭔가 잘못되었다는 불안감에 기러기소식을 바라게 됨을 말하였고 하편은 꽃을 보며 천천히 걸으면서 예전과 달라진 지금상황에 적응해야 함을 말하였다. '세상[世間]', '고금(古今)'의 사어로 인해 시대적인 상황으로까지 확대시켜 이해할 수 있다.

菩薩蠻 暮秋夜雨, 時在金陵[62]

閒庭滴瀝秋宵雨.[63]
紗窗燈影愁無語.
明月幾時來.
芙蓉何處開.

小樓應寂寞.
一夜江楓落.
雁唳碧天長.[64]
殘更敲斷腸.[65]

『午夢堂集·鸝吹』

---

62) 金陵(금릉): 강소성(江蘇省) 남경(南京)을 지칭함.
63) 滴瀝(적력): 똑똑. 뚝뚝. 물방울 등이 떨어지는 소리.
64) 唳(려): 울다.
65) 殘更(잔경): 오경. 새벽 3시에서 5시까지로 날이 밝을 때를 가리킨다.

보살만　늦가을 밤비, 당시 금릉에 있으며

금릉에서의 늦가을 밤비

한가한 정원에 떨어지는 가을밤 빗소리
비단 창의 등불 앞에 근심스레 말이 없나니
밝은 달은 언제 떠올랐고
연꽃은 어디에 피었던가.

작은 누각 분명 쓸쓸하리니
밤새도록 강가의 단풍잎 떨어지겠지.
기러기 우는 푸른 하늘 아득한데
오경 소리가 애끊는 가슴을 치는구나.

『오몽당집·이취』

【해설】 천계(天啓) 7년(1627, 38세) 4월 남편 엽소원이 남경무학교수(南京武學敎授)에 임명되자 작자는 7월 가솔을 이끌고 남편과 함께 남경에 와서 거주하였다. 제목에 '늦가을[暮秋]'이라고 한 것을 볼 때 남경에 거주한 지 얼마 안 되었을 때 지어진 것을 알 수 있다. 이 사는 시간이 흘러가는 슬픔을 노래하였다. 상편은 빗소리를 들으면서 여름도 가고 가을도 지나감을 노래하였고 하편은 이 비에 강가의 단풍잎이 다 지게 될 것을 마음 아파하였다. 이 무렵 항상 생활고에 시달렸는데 이로 인한 근심이 반영되어 있다고 할 수 있다.

烏夜啼 秋思 其一

井梧未墜, 如悲宋玉之秋. 堤柳猶垂, 已動繁欽之思.66) 幽花弄影, 散麗藻以參差; 壁月飛輝, 蕩靑蘋而瀟灑.67) 于時星河凝碧,68) 耀流火於階前.69) 露氣霏微,70) 濕芳枝於簷畔. 北書之來雁無聞, 南苑之啼鶯正暖. 桂香半冷, 欲傳擣練之情. 松韻偏淸, 可訴寒螿之怨. 有愁難遣, 聊爾云焉.

一樹薇花競艶,71)
半廊蘿蔭含秋.
秋風未冷江蓴老,72)
淸怨鎖高樓.73)

夢斷碧雲易散,
花飛明月空留.

---

66) 繁欽(번흠, ?-218): 동한(東漢) 영천(潁川, 지금의 河南省 禹縣) 사람으로
 일찍이 조조(曹操)의 주부(主簿)를 지냈는데 시, 부, 문장에 뛰어났다.「
 유부(柳賦)」에 "부쳐 사는 외로운 버드나무, 내 침소의 남쪽 구석을 의
 탁하네.(有寄生之孤柳, 托余寢之南隅)"라는 구절이 있다.

67) 蕩(탕): 씻다. 씻어서 더러움을 없애다. 탕척(蕩滌)의 뜻이다.
 瀟灑(소쇄): 시원하고 맑은 모양.

68) 凝碧(응벽): 짙푸르다.

69) 流火(유화): 서쪽으로 기울어지는 대화성(大火星). 음력 7월을 가리킨다.
 『시경(詩經)·빈풍(豳風)·칠월(七月)』 "칠월유화(七月流火)"의 공영달(孔穎
 達) 소(疏)에 "7월에 서쪽으로 흘러가는 것은 화성(火星)으로 장차 추워
 지리라는 조짐을 알려 준다"라고 하였다.

70) 霏微(비미): 자욱하다.

71) 薇花(미화): 자미화(紫微花). 여름과 가을, 즉 6월부터 9월까지 꽃이 피
 는데 이로 인해 '백일홍'이라고도 한다.

72) 蓴老(순로): 순채가 시들다. 집 떠난 이가 고향으로 돌아오지 않은 것을
 의미한다. 『진서(晉書)·장한전(張翰傳)』에 의하면 서진(西晉)의 장한(張
 翰)은 오중(吳中)의 순채국과 농어회가 먹고 싶어 고향으로 돌아갔다고
 한다.

73) 淸怨(청원): 처량한 마음속의 원망.

오야제 가을상념 제1수

가을상념

우물가의 오동잎 아직 떨어지지 않았지만 송옥(宋玉)이 슬퍼했던 가을 같아지고, 제방의 버드나무 아직도 드리워져 번흠(繁欽)처럼 의탁할 생각이 벌써 동한다. 그윽한 곳의 꽃은 그림자 흔들어 아름다운 모습을 들쭉날쭉 흩어놓고, 담 벽의 달은 빛을 날리어 푸른 마름 씻어서 상쾌하게 한다. 이때 은하수 푸른데 섬돌 앞에 7월의 화성(火星)이 빛나고, 이슬 기운 자욱하여 처마 부근에 꽃가지가 축축하다. 북녘 소식 전하는 기러기는 울음소리 들리지 않고 남쪽 정원에서 우는 꾀꼬리는 한창 따뜻하구나. 계화 향기 거의 싸늘하여 다듬이질하는 심정을 전할 듯하고 솔바람 소리 유난히 청아하여 가을쓰르라미의 원망을 하소연할 만하다. 근심 있어도 풀기 어려워 그럭저럭 여기에 이르노라.

온 나무에 핀 자미화는 고운 빛을 다투고
반쯤 회랑에 드리운 넝쿨그늘 가을빛을 머금었네.
가을바람 차기도 전에 강의 순채 시드니
처량한 원망이 높은 누대에 갇혀 있네.

꿈은 푸른 구름에 끊기어 쉬이 흩어지고
꽃잎은 밝은 달빛에 날리며 헛되이 머문다.

映堦細草茸茸綠,[74]
無意寄人愁.

『午夢堂集·鸝吹』

---

74) 映(영): 가리다. 덮다.
  茸茸(용용): 가늘고 농밀한 모양.

섬돌에 비친 가녀린 풀 다복이 푸르지만
사람의 수심 부칠 생각은 없구나.

『오몽당집·이취』

【해설】 이 사는 북방에서 전하는 소식이 없다는 서문의 내용을 볼 때, 남편 엽소원이 집을 떠나 북경(北京)에 가 있던 숭정 원년(1628, 39세) 3월부터 관직을 그만두고 집으로 돌아온 숭정 3년(1630, 41세) 12월 사이의 어느 '7월[流火]'에 지어진 것으로 추정된다. 「추사(秋思)」 10수 가운데 제1수로 가을이 깊도록 돌아오지 않는 남편 때문에 근심하는 심정을 노래하였다. 상편은 순채국 생각에 고향으로 돌아간 장한(張翰)과 달리 자신의 남편은 순채가 다 시들도록 집으로 돌아오지 않음을 말하였고 하편은 자신의 수심을 알릴 방도가 없는 것을 슬퍼하였다.

烏夜啼 秋思 其四

一片雨聲淅瀝,[75]
半窓燈影凄其.[76]
雨絲滴碎燈花墜,
往事不勝悲.

天際濕雲憔悴,
人前乾夢依稀.
薄羅凉透西風夜,
春淚作秋漪.

『午夢堂集·鸝吹』

---

75) 淅瀝(석력): 쏴-아. 빗소리를 형용하는 말.
76) 凄其(처기): 처량하다. 기(其)는 형용사 뒤에 오는 어조사로 연(然)의 의
미이다.

오야제 가을상념 제4수

가을상념

한바탕 빗소리 쏴-아 나는데
반쯤 창에 비친 등불이 처량하다.
빗줄기 부서지고 등불 심지 떨어지도록
지난 추억에 슬픔을 이기지 못하노라.

하늘가의 축축한 구름은 초췌해지고
사람 앞의 메마른 꿈은 희미해진다.
얇은 비단옷에 한기 스미는 바람 부는 가을밤
봄 눈물이 가을 물결 되는구나.

『오몽당집·이취』

【해설】 이 사는 「추사(秋思)」 10수 가운데 제4수로 비 내리는 가을밤에 느끼는 수심을 노래하였다. 상편은 비 내리는 가을밤 밤이 깊도록 지난 일을 떠올리며 슬퍼하는 것을 노래하였고 하편은 봄부터 가을까지 그리움 때문에 눈물로 세월을 보냈음을 말하였다. 비가 내리면서 비구름이 초췌해지고, 기다리는 시간이 길어지면서 꿈이 희미해진다는 하편 제1~2구의 표현이 뛰어나다.

烏夜啼 秋思 其七

心碎芭蕉悴綠,
情隨菡萏飄紅.[77]
無端不是尋惆悵,
幾度自忡忡.[78]

正遇悲凉初候,
可堪憀慄西風.[79]
强將樽酒排閒悶,
愁暈楚江楓.

『午夢堂集·鸝吹』

---

77) 菡萏(함담): 연꽃.
78) 忡忡(충충): 근심하는 모습.
79) 憀慄(요률): 차갑다. 한기(寒氣)가 사람에게 스미는 모습을 형용한다.

오야제 가을상념 제7수

가을상념

푸른 잎 시드는 파초에 마음 부서지고
붉은 꽃잎 날리는 연꽃에 정이 가누나.
까닭 없이 애달픈 일 찾는 게 아니라
몇 번이나 절로 슬퍼져서라.

슬프고 처량한 초가을을 딱 마주하니
으스스한 가을바람 어찌 견디랴.
억지로 술잔 들고 번민을 풀려 해도
수심은 초강의 단풍나무에 번지누나.

『오몽당집·이취』

【해설】 이 사는 「추사(秋思)」 10수 가운데 제7수로 가을을 맞는 두려움과
수심을 노래하였다. 상편은 가을에 파초와 연꽃이 시들면서 절로 슬퍼짐
을 노래하였고, 하편은 우수에 찬 가을을 맞아 술로 달래려하지만 어쩔 수
없이 근심하게 됨을 노래하였다. 자신의 수심을 강가의 단풍잎에 빗대는
것은 이 작품 이외에 〈여몽령(如夢令)·한석(寒夕)〉에서도 찾아볼 수 있다.

烏夜啼 秋思 其九

風動月光欲溜,
天空雲影長搖.
尋涼暫起湘簾捲,
人共竹蕭條.⁸⁰⁾

曙景休追殘夢,
斷魂莫問良宵.
羞將愁鏡臨愁鬢,⁸¹⁾
無語伴無聊.

『午夢堂集·鸝吹』

---

80) 蕭條(소조): 마르고 수척해지다.
81) 愁鬢(수빈): 근심으로 인해 머리카락이 하얗게 센 것을 가리킨다.

오야제 가을상념 제9수

가을상념

바람에 흔들리는 달빛은 흘러내릴 듯하고
하늘에 텅 빈 구름그림자 길이 흔들린다.
시원한 곳 찾으러 잠시 일어나 주렴을 걷는데
사람은 대나무와 함께 수척해지누나.

새벽녘에 꾸다만 꿈 좇지 말고
넋 나간 이에게 좋은 밤인지 묻지 말라.
부끄럽게도 수심의 거울로 흰머리 비추면서
말없이 울적한 마음 짝하노라.

『오몽당집·이취』

【해설】 이 사는 「추사(秋思)」 10수 가운데 제9수로 달밤에 꿈에서 깬 뒤 거울을 마주하고 있음을 노래하였다. 상편은 달밤에 주렴을 걷고 나오는 것을 말하였고 하편은 꿈을 깬 뒤 거울을 보며 멍하니 앉아있는 것을 말하였다. 상편의 마지막 구는 수심 때문에 자신이 대나무와 함께 수척해간다고 하였는데, 이는 북송(北宋) 이청조(李淸照)의 〈취화음(醉花陰)〉에 "사람이 국화보다 수척해졌구나(人比黃花瘦)"라는 구절과 유사하다.

憶王孫 歲暮舟行

疏煙平野望蒼茫.
草色蕭蕭帶葉黃.82)
一片靑山遶斷腸.
雁歸忙.
只剩寒波送夕陽.

『午夢堂集·鸝吹』

---

82) 蕭蕭(소소): 적막하고 쇠락하다.

억왕손 세모에 배 타고 가다

세모에 배 타고 가면서

옅은 안개 속 평야는 광활해 보이는데
풀빛은 시들어서 누런 잎이 섞여 있네.
한 조각 청산은 애끊는 이를 감싸는데
기러기 바삐 돌아간 뒤
찬 물결만 남아서 석양을 전송하네.

『오몽당집·이취』

【해설】 이 사는 세모에 배를 타고 가면서 바라본 쓸쓸한 풍경을 노래하였
다. '평야(平野)', '시든 풀[葉黃]', '청산(靑山)', '돌아가는 기러기[雁歸]',
'찬 물결[寒波]', '석양(夕陽)' 등 매구마다 쓸쓸한 경물을 배치하여 자신
의 '애끊는[斷腸]' 심사를 최대한으로 표현하였다. 이처럼 추위와 슬픔을
결합시키는 것은 심의수 사의 특징이라고 할 수 있다.

浣溪沙 寒夜有懷

蘚碧莎平草漫陳.[83]
畫欄十二月初新.
寥寥疏景一庭勻.[84]

露冷半天迷極望,
雲銜幾樹映寒津.
紫簫聲裏隔行人.[85]

『午夢堂集·鸝吹』

---

83) 蘚(선): 이끼.
　　莎(사): 사초(莎草). 바닷가의 모래땅에서 자라는 풀.
　　平(평): 평평하게 자라다. 사초가 같은 길이로 고르게 자라는 것을 가리
　　킨다.
84) 寥寥(요료): 적막하다. 외롭다.
　　疏景(소경): 성긴 빛. 초승달의 희미한 달빛을 가리킨다.
85) 紫簫(자소): 퉁소. 퉁소는 자색 대나무로 만들기 때문에 '자소'라고도 불
　　렸다.

완계사 추운 밤의 감회

추운 밤의 감회

이끼 푸르고 사초 고르게 봄풀 두루 펼쳐지고
열두 굽이 채색 난간에 달이 막 떠오르며
적막한 옅은 달빛 온 정원에 한결같네.

이슬 차가운 하늘 저편을 멍하니 바라보니
구름 덮인 나무 몇 그루 추운 나루에 비치는데
퉁소소리 속에서 나그네와 헤어졌었지.

『오몽당집·이취』

【해설】 이 사는 추운 밤 난간에서 나루를 바라보며 집 떠난 남편을 그리워하고 있다. 상편은 달빛이 정원에 고루 퍼지는 모습을 노래하였고 하편은 하늘 저편의 나루를 바라보며 예전에 남편과 이별했던 순간을 떠올리고 있다.

浣溪沙 咏雪

昨夜銀屛透峭寒.86)
朝來庭霰繞欄杆.87)
天涯遙憶漫相看.

千里不分鸞袖色,88)
三湘欲斷雁書難.89)
碎瓊雜珮舞珊珊.90)

『午夢堂集·鸝吹』

---

86) 峭寒(초한): 가벼운 추위. 경미한 추위.
87) 霰(산): 싸라기 눈.
88) 鸞袖(난수): 난새 문양을 수놓은 옷소매.
89) 三湘(삼상): 호남(湖南)의 상향(湘鄕), 상담(湘潭), 상음(湘陰) 세 지역을
　　　일컫는 말. 시문에서는 주로 상강(湘江) 유역과 동정호(洞庭湖) 지역을
　　　가리킨다.
90) 碎瓊(쇄경): 옥가루. 눈송이를 가리킨다.
　　　珊珊(산산): 옥패소리.

완계사 눈을 읊다

눈의 노래

엊저녁 은빛 병풍에 가벼운 한기 스미더니
아침 되며 정원의 싸락눈이 난간을 감돌기에
하늘가의 사람 아득히 그리워 마음껏 바라보네.

천리 밖에선 난새 소매의 색을 분간하지 못하고
상강 가에선 기러기 편지가 힘들어 끊기려는 이때
눈송이가 패옥소리와 섞이어 춤추면서 짤랑짤랑.

『오몽당집·이취』

【해설】 이 사는 「영설(詠雪)」 8수 가운데 제1수로서, 눈이 오면서 집 떠
난 남편을 다시 생각하는 것을 노래하였다. 상편은 추워지면서 눈이 내리
고 눈이 내리면서 집 떠난 남편을 생각해볼 여유가 생긴 것을 말하였고,
하편은 남편을 기다리는 일이 지칠 때쯤 서설(瑞雪)이 내리는 것을 노래
하였다. 눈이 내리면서 남편을 생각할 여유가 생기고 행여 남편이 돌아올
까 하는 희망이 생겨나는 것이다.

浣溪沙(細剪瑤華屑作塵)

細剪瑤華屑作塵.[91]
梅花長怨柳花春.[92]
梁園詞客賦交陳.[93]

淅瀝半添修竹韻,
紛紜偏作綠苔茵.[94]
瓊枝玉樹一時新.[95]

『午夢堂集·鸝吹』

---

91) 瑤華(요화): 옥색의 꽃. 눈꽃을 가리킨다.
92) 柳花春(류화춘): 봄의 버들 솜. 여기서는 눈송이를 가리킨다.
93) 梁園(양원): 서한(西漢) 양(梁) 효왕(孝王) 유무(劉武)가 세운 정원. 지금
   의 하남성(河南省) 상구현(商丘縣) 동쪽에 있다. 사혜련(謝惠連)의 「설부
   (雪賦)」에 의하면, 양 효왕이 주연(酒宴)을 베풀고 추양(鄒陽)과 매승(枚
   乘) 등을 불렀을 때 사마상여(司馬相如)도 빈객의 오른편에 앉아 있었는
   데 얼마 안 되어 싸락눈이 내리더니 함박눈이 퍼붓기 시작하였다고 한
   다.
94) 紛紜(분운): 흩어져 어지러운 모양.
   苔茵(태인): 푸른 이끼자리. 여기서는 눈이 돗자리처럼 깔린 것을 가리
   킨다.
95) 瓊枝玉樹(경지옥수): 흰 눈에 덮인 나무를 가리킨다.

완계사(세전요화설작진)

눈 오는 풍경

곱게 자른 옥 꽃이 먼지가루 되는데
매화는 봄의 버들 솜을 길이 원망하지만
양원의 문인들은 설부(雪賦)를 교대로 짓노라.

사락사락 긴 대나무의 운치를 반쯤 보태고
펄펄 날려 푸른 이끼자리를 특별히 만드니
하얀 가지 눈 덮인 나무가 일시에 새롭구나.

『오몽당집·이취』

【해설】 이 사는 「영설(詠雪)」 8수 가운데 제2수로서 눈이 내리는 데 대한 반응과 변화를 노래하였다. 상편은 눈이 내리면 매화는 싫어하지만 문인들은 너나할 것 없이 눈을 읊는 것을 노래하였고 하편은 눈이 내린 뒤 밟으면 사락거리는 소리가 나고 온 세상이 하얗게 변하는 것을 묘사하였다. 눈 내린 풍경이 산뜻하게 느껴지는 심사를 표현하였다.

浣溪沙(瀟灑幽窓徹夜明)

瀟灑幽窓徹夜明.96)
飄颻散影積閒庭.
謝莊衣上點盈盈.97)

喚女欲將呵手靧,98)
呼兒捻取作茶烹.
松風颯颯滿簾生.

『午夢堂集·鸝吹』

---

96) 瀟灑(소쇄): 비가 떨어지는 모습. 여기서는 눈이 내리는 모습을 형용한
다.

97) 謝莊(사장): 남조(南朝) 송(宋)의 문인으로 자는 희일(希逸), 진군(陳郡)
양하(陽夏) (지금의 河南 太康縣) 사람이다. 「월부(月賦)」로 유명하다.
點(점): 찍히다. 눈송이가 떨어지는 것을 가리킨다.
盈盈(영영): 자태가 아름다운 모양.

98) 靧(회): 세수하다.

완계사(소쇄유창철야명)

눈 온 뒤의 풍경

사락사락 어두운 창가 밤새 환한데
펄펄 흩어지는 눈송이 한가한 정원에 쌓이면서
사장의 달빛 옷 위에 점점이 아름답네.

딸애 불러 가져다가 호호 손 불며 세수하게 하고
아들 불러 가져다가 찻물로 끓이게 하니
솔바람소리 쏴쏴 주렴 가득 생겨나네.

『오몽당집·이취』

【해설】 이 사는 「영설(詠雪)」 8수 가운데 제6수로서, 눈이 내리는 밤풍경
과 아침의 일을 노래하였다. 상편은 쌓인 눈에 달빛이 비치면서 더욱 환해
짐을 노래하였고 하편은 아침에 눈을 녹여 세수하고 차를 끓여 마신 일을
노래하였다. 눈이 와서 온가족이 함께 즐거워하는 모습을 구체적으로 그
려내었다.

浣溪沙 雪霽

萬樹蒼茫盡夕煙.99)
庭梅半吐小窓前.
星河耿耿月初懸.100)

寒漏聲中消蕙草,101)
臘花影裏潤芸蟬.102)
此時良夜更堪憐.

『午夢堂集·鸝吹』

---

99) 蒼茫(창망): 모호하여 불분명한 모습.
100) 耿耿(경경): 밝게 빛나는 모습.
101) 蕙草(혜초): 향초. 여기서는 향초의 향기를 가리킨다.
102) 臘花(납화): 납매(臘梅). 음력 12월의 매화.
    芸蟬(운선): 운향(芸香)이 나는 선빈(蟬鬢). 선빈은 매미날개모양으로 얇
    게 핀 머리스타일을 가리킨다.

완계사 눈이 개다

눈이 개어

수많은 나무 어둑해지며 저녁연기 다할 때
정원 매화는 작은 창 앞에 반쯤 피었고
은하수 반짝반짝 달은 막 걸리었네.

싸늘한 물시계 소리 속에 혜초 향은 사라지고
납매의 그림자 속에 운향의 매미장식 머리 촉촉한데
이때의 좋은 밤은 더할 나위 없이 좋구나.

『오몽당집·이취』

【해설】 이 사는 「영설(詠雪)」 8수 가운데 제8수로서, 눈이 갠 밤의 운치를 노래하였다. 상편은 눈이 개고 난 뒤 은하수와 달이 밝은 것을 노래하였고 하편은 밤늦도록 매화를 보면서 즐기는 것을 노래하였다. 눈이 오기 시작한 때부터 눈이 그친 뒤까지 섬세하게 노래하여 눈 오는 날의 즐거움을 표현하였다.

望江南 冬景八関 其四

冬暮雨,
幽響滴空階.
細細猶疑隨葉下,
絲絲時趁瀉珠來.
清淚濕乾苔.

芭蕉畔,
零落舊蕭齋.103)
香斷漏殘添寂寞,
窓寒影弄助離懷.
門掩獨徘徊.

『午夢堂集·鸝吹』

---

103) 蕭齋(소재): 서재(書齋).

망강남 겨울풍경 여덟 수 제4수

겨울풍경 여덟 수

겨울저녁 내리는 비
조용한 소리가 빈 계단에 떨어진다.
가늘게 여전히 나뭇잎 따라 떨어지나 했더니
줄줄이 때때로 쏟아지는 빗방울 따라 흘러내리며
맑은 눈물이 마른 이끼 적신다.

파초 주변
퇴락한 옛 서재
향불 꺼지고 물시계 다하며 적막함이 더하는데
창가 추워지고 빗줄기 어른대며 이별의 수심 부추기니
문이 닫힌 데서 홀로 서성거린다.

『오몽당집·이취』

【해설】 이 사는 「동경팔결(冬景八闋)」 가운데 제4수로서 겨울 저녁 내리
는 비를 노래하였다. 상편은 겨울비가 한두 방울 떨어지다가 가늘게 흘러
내리고 다시 줄줄이 쏟아지는 과정을 세밀하게 묘사했으며, 하편은 새벽
까지 잠들지 못하고 이별의 수심으로 인해 서성거리는 것을 노래하였다.
상편 마지막 구에서 빗물이 '맑은 눈물[淸淚]'로 전환되면서 자연스럽게
하편의 이별의 수심을 이끌고 있다.

望江南 冬景八関 其五

風陡峭,104)
透戶更穿屏.
碎片時敲檐畔鐵,
悽聲常作竹間箏.
搖影亂花棚.

閒佇立,
小院珮飄珩.
葉盡梧桐空有意,
絲殘楊柳最無情.
吹雁落江汀.

『午夢堂集·鸝吹』

---

104) 陡峭(두초): 산이 가파른 모습. 여기서는 바람이 위에서 아래로 세차게
　　　몰아치는 것을 가리킨다.

망강남　여덟 수의 겨울풍경 제5수

여덟 수의 겨울풍경

몰아치는 바람
문을 통과하고 다시 병풍을 관통하네.
부서진 바람조각 때때로 처마 끝 풍경을 두드리고
슬픈 바람소리 항상 대숲의 쟁 소리 내는데
그림자 흔들어 꽃 시렁을 어지럽히네.

한가하게 우두커니 서있자니
작은 정원에 패옥 소리 날리네.
잎 진 오동나무 공연히 마음 써주고
가지 시든 버드나무 제일로 매정한데
바람 탄 기러기 강가에 내려앉네.

『오몽당집·이취』

【해설】 이 사는 「동경팔결(冬景八関)」 가운데 제5수로서 겨울바람을 노래하였다. 상편은 바람이 불면서 나는 소리와 흔들리는 사물을 묘사하였고, 하편은 오동나무, 버드나무, 기러기가 바람맞는 장면을 노래하였다. 상편 마지막 구에서 바람이 '흔들고[搖]' '어지럽히는[亂]' 것은 사물이지만 이는 어지러운 심경과 통하면서 하편 첫 구를 이끈다. '우두커니 서있는[佇立]' 이유가 바로 어지러운 심경 탓인 것이다. 따라서 하편의 사물은 모두 작자의 어지러운 심경과 긴밀하게 연결된다.

절기상의 감회

1월이면 원소절 새해맞이
2월이면 화조절 꽃구경
4월 청명과 5월 단오
7월 칠석과 9월 중양
다달이 명절이로다

如夢令 元夕感懷[105]

人靜夜寒如昨.
兩度春風蕭索.
疎影月朦朧,
依約半庭秋籜.[106]
垂幕.
垂幕.
窓外那知梅落.

『午夢堂集·鸝吹』

---

105) 元夕(원석): 음력 1월 15일을 상원절(上元節)이라 칭하고 밤은 원석(元夕)이라 부름.
106) 依約(의약): ~인듯하다.
　　 秋籜(추탁): 가을의 대나무 껍질. 가을대나무를 가리킨다.

여몽령 정월대보름의 감회

정월대보름의 감회

인적 없이 추운 밤은 어제와 같아
두 번의 봄바람 속에 쓸쓸하구나.
성긴 그림자 달빛 속에 어렴풋한데
정원의 가을 대나무인 듯하다.
휘장 드리우고
휘장 드리우고
창 너머 매화 지는 줄 어찌 알랴.

『오몽당집·이취』

【해설】이 사는 정월대보름인데도 불구하고 어제와 마찬가지로 홀로 쓸쓸하게 지내는 것을 노래하였다. '두 번의 봄바람[兩度春風]'으로 미루어 보건대 남편과 헤어진 지 2년이 된 봄인 듯하다. '휘장을 드리우는[垂幕]' 행위는 매화를 보지 못하게 된 원인인 동시에 다시 봄이 오는 것을 보고 싶지 않은 심경의 표현이기도 하다.

菩薩蠻 元夕

疏風弄影梅初放.
月圍春樹籠煙颺.¹⁰⁷⁾
細霧拂燈華.¹⁰⁸⁾
瓊卮落彩霞.¹⁰⁹⁾

輕雲飛送碧.
寒雪凝光白.
一管紫璃簫.
聲聲出畫綃.

『午夢堂集·鸝吹』

---

107) 颺(양): 일어나다. 날리다.
108) 燈華(등화): 등불. 나무에 걸린 등불이 꽃처럼 보이는 것을 가리킨다.
109) 瓊卮(경치): 옥으로 만든 술잔.

보살만　정월대보름

정월대보름

성긴 바람에 흔들리며 매화 막 피어나고
달이 둘러싼 봄 나무엔 등롱 연기 날리네.
결 고운 안개가 등불에 스칠 때
옥 술잔에 오색 노을 내려앉네.

가벼운 구름 날면서 푸른 하늘 떠나보내고
차가운 눈이 엉기며 흰빛을 반짝이네.
한 개의 자주색 옥퉁소로
소리마다 채색 비단 불어내네.

『오몽당집·이취』

【해설】이 사는 정월 대보름의 흥겨움을 노래하였다. 상편은 정월 대보름 밤에 나무마다 등불을 걸어놓고 술을 마시는 것을 노래하였고 하편은 등불로 인해 하늘에는 흰 구름이 보이고 땅에는 흰 눈이 반짝이는 가운데 퉁소를 불며 즐기는 것을 노래하였다. 〈여몽령(如夢令)·원석감회(元夕感懷)〉와 달리 정월대보름의 흥겨움을 노래하였다.

憶秦娥 春愁

東風劣.
芳菲釀出花朝節.110)
花朝節.
夜來微雨,
海棠啼頰.

午窗人寂喧翻蝶.
閒愁閒悶何時歇.
何時歇.
鷓鴣聲斷,
梨花飄雪.

『午夢堂集·鸝吹』

---

110) 釀(양): 빚다. 조성하다.
　　花朝節(화조절): 음력 2월 15일. 중국의 전통명절로서 이날 교외에 나가
　　꽃을 감상하였다.

억진아 봄의 수심

봄의 수심

봄바람 짓궂어도
꽃향기는 화조절을 빚어내네.
화조절인데
밤의 이슬비에
해당화의 눈물 맺힌 뺨.

정오의 창 사람은 고요한데 나비 나풀대니
한가로운 근심과 고민은 언제나 그치려나.
언제나 그치려나
자고새 울음소리 그치고
배꽃은 눈송이 흩날리네.

『오몽당집·이취』

【해설】 이 사는 화조절에 비가 오면서 느끼는 수심을 노래하였다. 상편은
화조절 밤에 비가 내려 해당화 꽃잎이 젖은 것을 노래하였고 하편은 근심
속에 또다시 봄이 가는 것을 노래하였다.

憶秦娥(風蕭蕭)

風蕭蕭.
露桃井上嫣紅飄.[111]
嫣紅飄.
淸明近也,
細雨連朝.

柳絲籠雨搖纖腰.
畫簾飛燕愁春宵.
愁春宵.
淡煙草葉,
薄靄花梢.

『午夢堂集·鸝吹』

---

111) 露桃(노도): 노지(露地)의 복숭아나무. 『악부시집(樂府詩集)·계명(雞鳴)』
에 "복숭아나무 노천 우물가에 자라고 자두나무는 복숭아나무 옆에 자
라네(桃生露井上, 李樹生桃旁)"라는 구절이 있다.
嫣紅(언홍): 고운 붉은색. 붉은 복사꽃잎을 가리킨다.

억진아(풍소소)

청명절 수심

바람 솨-아
복숭아나무 우물가로 붉은 꽃잎 날리네.
붉은 꽃잎 날리며
청명절 다가오는데
이슬비가 연일 내리네.

버들가지 빗속에서 가는 허리 흔들고
채색 주렴의 제비는 봄밤에 근심하네.
봄밤에 근심하나니
희미한 안개 속의 풀 이파리
엷은 아지랑이 속의 꽃가지 끝.

『오몽당집·이취』

【해설】 이 사는 청명절에 바람 불고 비가 오면서 봄이 가는 수심을 노래하였다. 상편은 바람결에 복사꽃 꽃잎이 흩날리고 비까지 내리는 사실을 말하였고 하편은 비 내리는 밤중에 풀과 꽃이 걱정스러운 심경을 노래하였다.

浣溪沙 春情

淡薄輕陰拾翠天.[112]
細腰柔似柳飛綿.
吹簫閑向畫屏前.

詩句半緣芳草斷,
鳥啼多爲杏花殘.
夜寒紅露濕鞦韆.

『午夢堂集·鸝吹』

---

112) 輕陰(경음): 옅은 나무 그늘.
  拾翠(습취): 비취 새 깃털을 주워 머리장식으로 하다. 나중에는 부녀들
  의 나들이를 가리키게 되었다.

완계사 춘정

춘정

옅은 나무 그늘 아래 습취하는 날
여인네들 가는 허리 버들처럼 부드럽건만
통소 불며 한가로이 채색병풍 앞에 있구나.

시 구절은 봄풀로 인해 거의 끊어지고
새 울음은 살구꽃 때문에 자주 그치더니
밤에는 추워 붉은 이슬이 그네를 적신다.

『오몽당집·이취』

【해설】 이 사는 습취하는 날의 일상을 노래하였다. 상편은 습취 날인데 다른 여인들과 달리 홀로 병풍 앞에서 한가로이 통소 부는 것을 노래하였고 하편은 그리움 때문에 시 짓기도 힘들고 가는 봄 때문에 새도 울다 그친다고 하여 즐거워야할 습취 날에도 근심스럽고 힘든 심정을 노래하였다.

滿庭芳 端午

團扇裁氷,
宮盤射粉,
畫簾不上銀鉤.
繡符艾虎,[113]
雙繞玉搔頭.
皓腕輕籠綵縷,[114]
蒲英泛、蟻綠金甌.
雕欄外,
桐花低映.
紅袖賞扶留.[115]

香浮.
風淡淡,
迴廊轉午,[116]
人倚重樓.
問當年菰黍,[117]
誰爲飄流.
楊柳斜陽歸晚,
人去後、曲散梁州.[118]

---

113) 艾虎(애호): 단오 때 액막이 용도로 만든 쑥 호랑이.
114) 綵縷(채루): 오채루(五綵縷). 오색선(五色線)이라고도 한다. 단오 날 채색
    실을 어린아이들의 손, 발, 목에 묶으면 사악한 기운을 피하고 독충이
    몸에 다가오지 못하게 막을 수 있다고 한다.
115) 扶留(부류): 식물 이름. 등과(藤科)과에 속한다.
116) 轉午(전오): 정오 무렵. 정오(正午)에 가까워지다.
117) 菰黍(고서): 조호미(雕胡米)와 기장. 여기서는 곡식을 대칭한다.
118) 梁州(양주): 사패(詞牌) 이름. 당(唐) 교방곡에 「양주(涼州)」 대곡(大曲)이

만정방 단오

단오

둥근 부채 얼음을 잘라낸 듯
궁궐 쟁반 흰색을 발하는데
채색 주렴은 은고리에 걸리지 않았네.
자수 부적 쑥호랑이
한 쌍이 옥비녀를 에워싸고
흰 팔에는 오색실 살짝 감쌌으며
창포 꽃은 거품 이는 금 사발에 떠있네.
조각 난간 저 너머
오동 꽃 낮게 드리운 곳에
붉은 소매 여인들은 부류를 감상하네.

향기 떠다니고
바람 살랑대는
회랑의 정오 무렵
한 사람이 층루에 기대있네.
묻노니 그해 조호미와 기장 먹으며
누구 때문에 떠돌아 다녔던가.
버드나무에 석양질 때 늦게야 돌아가는데
사람들 떠난 뒤라 「양주령」가락 흩어지네.

있는데 이를 소령(小令)으로 만들고 「양주령(涼州令)」이라고 하였다. 송
대 이후에는 「양주령(梁州令)」이라고 하였다. 쌍조(雙調)로 50자체, 52자
체, 55자체의 세 형식이 있고 측성운(仄聲韻)으로 압운한다.

空餘下,119)
暮雲凄靄,
長遶楚江秋.

『午夢堂集·鸝吹』

---

119) 餘下(여하): 남다.

부질없이 남겨진
저녁구름과 싸늘한 안개
가을 초강 가를 길이 맴도네.

『오몽당집·이취』

【해설】 이 사는 단오날의 풍경과 감회를 노래하였다. 상편은 단오 날의 애호(艾虎), 오색실, 창포술 등 여러 가지 풍속을 하나하나 언급하였고 하편은 층루에 기대 옛일을 생각하다가 사람들이 다 떠난 저물녘이 되어서야 돌아가는 것을 노래하였다. 가을 초강을 뒤로 한 채 돌아가지만 마음은 여전히 가을 초강에 남아있다는 것을 암시하여 여운이 길게 느껴진다.

浣溪沙 七夕

落日妝成罷錦梭.
步搖仙佩紫雲羅.[120]
銀河風靜出金珂.[121]

靑鵲妝催眉月小,
紫鸞彩簇步雲多.
雙棲玉樹笑嫦娥.[122]

『午夢堂集·鸝吹』

---

120) 步搖(보요): 비녀에 부착하는 부녀의 머리장식.
121) 金珂(금가): 말고삐의 금속 장신구. 말을 가리킨다.
122) 雙棲玉樹(쌍서옥수): 하늘의 양끝에 사는 견우와 직녀를 가리킨다. 이
　　　구는 견우와 직녀가 서로 만나 홀로 지내는 달의 항아를 비웃는다는 의
　　　미이다.

완계사　칠석

칠석

해지자 베 짜기 그만두고 단장하는데
보요와 패대 하고 자색 비단옷 입고서
은하수에 바람 고요할 때 말을 내누나.

검푸른 까치 눈썹달 작게 그리라고 화장을 재촉하고
자색 난새는 구름계단 많아야한다고 오색 깃 모으더니
짝지어 옥 나무에 머물며 저 항아를 비웃누나.

『오몽당집·이취』

【해설】 이 사는 칠석날 견우와 직녀의 만남을 노래하였다. 상편은 견우를 만나려고 단장하는 직녀의 모습을 묘사하였고 하편은 '청작(靑鵲)'과 '자난(紫鸞)'의 도움으로 둘이 만난 후 홀로 거하는 항아를 비난함을 노래하였다. 여기서 항아는 평소 홀로 지내는 자신을 비유하기도 하는데, 이렇게 보면 항아에 대한 비난은 홀로 지내는 생활에 대한 혐오라고 볼 수 있다.

鵲橋仙 七夕 其一

流螢度影,
疏簾捲暮.
銀漢波橫月小.
鸞機停織晚妝新,
看此候、吹簫人遶.

湘裙帶緩,[123]
霧鬟釵墜,[124]
總有離懷休告.
人間惆悵負佳期,
枉目斷、乘槎去杳.

『午夢堂集·鸝吹』

---

123) 湘裙(상군): 상(湘) 지역의 비단으로 만든 치마.
124) 霧鬟(무환): 숱이 많아 아름다운 머리카락.

작교선 칠석 제1수

칠석

반딧불이 그림자 지나는데
성긴 주렴 저녁에 걷으니
가로놓인 은하수에 달이 작구나.
베틀에서 베 짜기 멈추고 저녁단장 새로 하니
이때 퉁소 불며 맴도는 이가 보인다.

비단 치마에서 허리띠 느슨히 풀고
풍성한 머리에서 비녀가 떨어지니
결국 말 못할 이별의 심정만 남았구나.
인간세상은 슬프게도 좋은 기약 어긴지라
부질없이 멀어지는 뗏목만 바라보노라.

『오몽당집·이취』

【해설】 이 사는 칠석날 견우직녀가 만났다가 헤어지는 과정을 노래하였다. 상편은 달이 뜨면서 견우직녀가 막 만나는 장면을 노래하였고 하편은 견우직녀가 회포를 풀고 나서 이별한 것을 말한 뒤 자신은 그저 둘의 만남과 이별을 바라보기만 할뿐임을 노래하였다.

"

蝶戀花 七夕

佳節漫憑眞與誤.
聊設罍樽,
看取橋成渡.125)
倩得蟬聲邀日暮.126)
斜河一帶疏雲度.

乘興花陰杯莫負.
望裏星飛,
却是流螢錯.
遙憶難堪歸去路.
明朝愁殺殘機坐.

『午夢堂集·鸝吹』

---

125) 橋成渡(교성도): 오작교를 통해 견우와 직녀가 만나는 일을 가리킨다.
126) 倩得(천득): 청하다.

접련화 칠석

칠석

좋은 날을 멋대로 빙자함은 정말 잘못이지만
그래도 동이 술 마련하여
오작교 건너는 모습 바라본다.
매미소리 속에 저무는 날 맞는데
은하수 주변에 성긴 구름 지나간다.

흥에 겨워 꽃그늘 아래 술잔을 마다 않는데
바라보던 중에 날아간 별은
오히려 반딧불이를 착각한 게지.
아득히 떠오르네, 돌아가는 길 견디기 어려웠고
다음날 수심 겨워 남은 베틀에 앉았던 일이.

『오몽당집·이취』

【해설】 이 사는 칠석날 견우직녀성을 바라보며 술을 마시면서 옛일을 회
상함을 노래하였다. 상편은 술자리를 마련하여 견우직녀성을 바라보는 것
을 말하였고 하편은 즐겁게 술 마시면서 예전에 칠석 다음날 더욱 힘들어
했던 일을 회상하였다. 짧은 만남 후에 더욱 힘들었던 자신의 경험담을 담
고 있다.

江城子 重陽感懷

霜飛深院又重陽.
漫衝觴.
遣愁腸.
爲問籬邊、能得幾枝黃.
聊落西風吹塞雁,[127]
羅袖薄,
晚飄香.

韶華荏苒夢凄凉.[128]
望瀟湘,
正茫茫.
木落庭皐,
秋色滿迴廊.
泣盡寒螿悲蕙草,
空惆悵,
暮年光.[129]

『午夢堂集・鸝吹』

---

127) 聊落(요락): 쇠락하다. 영락(零落)하다.
128) 韶華(소화): 아름다운 시절. 청춘시절을 가리킨다.
　　 荏苒(임염): 시간이 점차 지나가는 모양.
129) 暮年(모년): 만년. 노년.

강성자 중양절의 감회

중양절의 감회

서리 날리는 깊은 정원에 또다시 중양절
멋대로 술잔 부딪히며
근심을 달랜다.
묻노니 울타리주변 국화는 몇 줄기나 얻으려나.
쇠락한 가을바람에 기러기 나는데
얇은 비단 소매
저물도록 향기 날린다.

아름다운 시절 지나가며 꿈은 슬퍼지나니
소수상강 바라볼 때
정말 망망하였다.
나뭇잎 지는 정원물가
가을 기운이 회랑에 만연하다.
가을 쓰르라미 울음 그치고 혜초 슬퍼지니
부질없이 슬퍼지는
만년의 이 풍광.

『오몽당집·이취』

【해설】 이 사는 중양절 정원에서 술 마시면서 느끼는 감회를 노래하였다. 상편은 중양절에 술을 마시며 저물녘까지 바람을 맞는 것을 노래하였고 하편은 중양절 이후 깊어가는 가을에 슬퍼지는 심사를 노래하였다. 중양절에 술을 마시면서 가을을 슬퍼하는 모습이 남성문인과 크게 다르지 않다.

꿈과 사람의 그림

헛된 꿈과 떠나는 이를
눈에 보일 듯이
손에 잡힐 듯이
눈앞에다 그려내다

憶王孫 其一

天涯隨夢草靑靑.
柳色遙遮長短亭.¹³⁰⁾
枝上黃鸝怨落英.
遠山橫.
不盡飛雲自在行.¹³¹⁾

『午夢堂集·鸝吹』

---

130) 長短亭(장단정): 장정(長亭)과 단정(短亭). 각각 10리와 5리마다 두었는데
　　　나그네들의 쉼터나 이별의 장소로 사용되었다.
131) 自在(자재): 자유롭게.

억왕손 제1수

꿈에 본 하늘가

꿈에 본 하늘가에 풀이 푸릇푸릇
버들 빛이 저 멀리 장정과 단정을 가리었네.
가지 위의 꾀꼬리는 꽃 진다 원망하건만
가로 놓인 먼 산으로
끝없이 뜬 구름만 자유로이 떠가네.

『오몽당집·이취』

【해설】 이 사는 꿈을 노래한 〈억왕손〉 10수 가운데 제1수이다. 꿈속의 시선을 통해 하늘가에서 버드나무로 이동하고 여기에서 장정과 단정을 바라본 후 다시 먼 산을 바라보았다. 시선의 원근이 일정하지 않은 데서 꿈속의 풍경임을 알 수 있다. 봄이 다 가도록 멀리 떠난 남편이 돌아오지 않자 이처럼 꿈에서나마 찾아가는 것이다.

憶王孫 其二

風吹曉夢到關山.
斜月人歸窗影殘.
蝶怨蜂愁春意闌.[132]
隔雕欄.
露濕飛花綠雨寒.[133]

『午夢堂集·鸝吹』

---

132) 闌(란): 다하다. 끝나다.
133) 綠雨(녹우): 초록 비. 비에 풀의 초록빛이 얼비치는 것을 가리킨다.

억왕손 제2수

새벽의 꿈

바람결에 새벽꿈이 관산에 이르렀다
달 기울 때 돌아오니 창 그림자 스러진다.
나비와 벌의 근심 속에 봄기운 다하나니
조각 난간 저 너머
이슬 젖어 날리는 꽃잎 푸른 빗속에 싸늘하다.

『오몽당집·이취』

【해설】 이 사는 꿈을 노래한 〈억왕손〉 10수 가운데 제2수이다. 관산으로
떠난 이에 대한 꿈과 봄이 가는 눈앞의 상황을 한데 결합시켜 노래하였다.
이로 인한 슬픔은 이슬에 젖은 뒤 다시 비를 맞는 꽃잎으로 형상화되고
있다.

憶王孫 其三

芳箋題罷困紅綃.[134]
小夢無端過斷橋.[135]
月影江聲送去潮.
漫魂勞.[136]
簾外輕風到柳條.

『午夢堂集·鸝吹』

억왕손 제3수

서호의 꿈

꽃 편지 쓰고 나서 붉은 비단위에서 노곤해하다
짧은 꿈속에 무심히 단교를 지나는데
달그림자와 강물 소리가 밀려가는 물결을 전송하네.
부질없이 정신만 힘들고 나니
주렴 너머 산들바람이 버들가지에 다다르네.

『오몽당집·이취』

【해설】 이 사는 꿈을 노래한 〈억왕손〉 10수 가운데 제3수이다. 편지를 쓰
고 나서 잠이 든 후 꿈속에서 서호의 단교에 이르러 달과 물결을 보고 깨
어남을 노래하였다. 꿈속의 서호풍경을 선명하게 그려내었다.

憶王孫 其五

梨花夢轉杏花寒.
碧葉琅玕玉佩珊.137)
零落春花恨遠山.138)
倚欄看.
又見煙籠日半竿.139)

『午夢堂集・鸝吹』

---

137) 琅玕(낭간): 대나무.
　　 珊(산): 패옥 소리.
138) 遠山(원산): 원산미(遠山眉). 산 모양으로 그리는 눈썹 화장의 일종으로
　　 여인을 가리킨다.
139) 日半竿(일반간): 장대 절반 높이만큼 솟은 해. 해가 뜬 지 얼마 되지 않
　　 은 것을 가리킨다.

억왕손 제5수

꽃 지는 꿈

배꽃이 꿈속에서 구르고 살구꽃 시들건만
푸른 잎의 대나무는 옥패소리 울리나니
시든 봄꽃에 산 눈썹의 여인은 한스럽구나.
난간 기대 보자니
또다시 안개 속에서 막 떠오른 해가 보인다.

『오몽당집·이취』

【해설】 이 사는 꿈을 노래한 〈억왕손〉 10수 가운데 제5수이다. 꿈속에서
배꽃과 살구꽃이 져서 슬퍼했는데 깨어난 후 다시 떠오르는 해를 본 일을
노래하였다. 봄이 가는 슬픔에도 아랑곳없이 해는 어김없이 뜨고 지면서
시간이 가는 것을 표현하였다.

憶王孫 其六

銀燈花謝酒初醒.[140]
夢去愁來月半明.
玉漏沈沈夜色清.[141]
翠生生.[142]
芳草能消幾許情.

『午夢堂集·鸝吹』

---

140) 花謝(화사): 심지의 불똥이 떨어지다. 화(花)는 등화(燈花)이다.
141) 沈沈(침침): 잠잠해지다. 소리가 점차 사라지는 것을 가리킨다.
142) 翠生生(취생생): 매우 푸르다.

억왕손 제6수

꿈 깬 후의 근심

은 등잔에 불똥 떨어질 때 술에서 막 깨어나니
꿈은 가고 근심 오며 달이 반쯤 밝은데
물시계 잠잠해지며 밤기운 맑아진다.
푸릇푸릇
봄풀들이 이 심정을 얼마나 달랠 수 있을까.

『오몽당집·이취』

【해설】 이 사는 꿈을 노래한 〈억왕손〉 10수 가운데 제6수이다. 술에 취해 꿈을 꾸고 난 후 근심스러워지는 심정을 노래하였다. 풀은 전통적으로 별한(別恨)을 연상시키는데, 마지막 구의 반문을 통해 술을 마셔도 이별의 슬픔이 가시지 않는 상황을 표현하였다.

憶王孫 其九

芳菲誰向夢中憐.
楊柳長亭幾處煙.
雲斷霞飛獨黯然.[143]
浪書傳.[144]
細草空連落日邊.

『午夢堂集·鸝吹』

---

143) 黯然(암연): 슬퍼하다. 슬퍼하여 의기소침 한 모양.
144) 浪(랑): 멋대로.

억왕손　제9수

꿈 깬 후의 그리움

꽃과 풀을 누가 꿈속에서 어여삐 여기랴
버들 늘어선 장정은 어디나 안개 속이라
조각구름 떠가고 노을 질 때 홀로 울적하구나.
쓸데없이 서신 전하노라
가는 풀 헛되이 이어진 해 지는 저편으로.

『오몽당집·이취』

【해설】 이 사는 꿈을 노래한 〈억왕손〉 10수 가운데 제9수이다. 꿈을 꾸고 난 후 장정을 바라보며 울적해하다 서신을 보내는 것을 노래하였다. 남편이 돌아오지 않을 줄 알면서도 서신을 보내는 행위를 통해 남편에 대한 절실한 그리움을 표현하였다.

憶王孫 其十

錦川珠浦憶仙遊.[145]
花落橫江逐夢浮.
夢覺紗窓月半鉤.
影悠悠.
依舊王孫桂樹留.[146]

『午夢堂集·鸝吹』

---

145) 錦川(금천): 금강(錦江). 사천성(四川省) 성도(成都)를 흐르는 민강(岷江)의 한 지류.
　　珠浦(주포): 주포교(珠浦橋). 사천성(四川省) 관현(灌縣) 도강언(都江堰)에 위치하는데 민강(岷江)의 안팎을 가로지르는 줄다리이다.
146) 桂樹(계수): 전설상 달에 있다는 계수나무로 달을 가리킨다. 이 구는 남편 엽소원이 돌아오지 않는 것을 의미한다.

억왕손 제10수

신선의 꿈

금강 주포에서 신선되어 노닐던 일 떠오르니
꽃 떨어진 긴 강을 꿈을 따라 떠다녔다.
비단창가에서 꿈을 깨니 달은 반달이요
달빛 요원한데
여전히 나그네는 저 계수나무에 머무는구나.

【해설】 이 사는 꿈을 노래한 〈억왕손〉 10수 가운데 제10수이다. 꿈속에
서 신선처럼 노닐었지만 깨어난 후 여전히 홀로 있는 것을 노래하였다. 꿈
을 깬 후에도 여전히 나그네가 달나라에 있다고 하여 환상적인 느낌을 강
조하였다.

如夢令 月夜 其二

明月影斜花縐.[147]
故向畫屛寒透.
雲鬢幾勝情,
脉脉斷魂時候.
知否.
知否.
今夜綠窓紅袖.

『午夢堂集·鸝吹』

---

147) 縐(추): 가는 베로 만든 천. 주렴을 가리킨다.

여몽령　달밤 제2수

달밤

밝은 달은 꽃무늬 천을 비스듬히 비치며
짐짓 그림 병풍에 한기 스미게 하누나.
구름머리의 여인 언제나 정이 다할지
막막하니 넋이 나가 있구나.
아시는지
아시는지
오늘밤 푸른 창가의 붉은 소매 여인을.

『오몽당집·이취』

【해설】 이 사는 〈여몽령(如夢令)·월야(月夜)〉 2수 가운데 제2수이다. 달
밤에 창가에서 넋이 나간 듯이 슬픔에 빠져있는 여인을 노래하였다. '아시
나요[知否]'의 반복적인 리듬을 통해 자신의 슬픔을 알아주는 이 없는 외
로운 심경을 표현하였다. 여성주인공의 모습과 심경을 객관적으로 노래하
는 오대(五代) 화간사(花間詞)의 풍모가 느껴진다.

浣溪沙 其一

侍女隨春, 破瓜時善作嬌憨之態,148) 諸女詠之,149) 余亦戲作.

袖惹飛煙綠鬢輕.
翠裙拖出粉雲屛.150)
飄殘柳絮未知情.

千喚懶回伴看蝶,
半含嬌語恰如鶯.
嗔人無賴惱秦箏.151)

『午夢堂集·鸝吹』

---

148) 破瓜(파과): 16세. 과(瓜)자를 나누면 두 개의 팔(八)자가 되므로 16세를
   가리킨다. 송(宋) 육유(陸游)의 「무제(無題)」 시에 "벽옥은 나이 16세가
   되기도 전에 가무를 익혀 제후의 집에 들어갔네(碧玉當年未破瓜, 學成
   歌舞入侯家)"라는 구절이 있다.
   嬌憨(교감): 아름답지만 어리석다. 백치미를 가리키는 듯하다.
149) 시녀 수춘에 대해 가장 먼저 셋째 딸 엽소란(葉小鸞)이 <완계사(浣溪
   沙)>(欲比飛花態更輕)를 짓자 이에 화답하여 큰 딸 엽환환(葉紈紈)이
   <완계사(浣溪沙)>(翠黛新描桂葉輕)를 지었고 둘째 딸 엽소환(葉小紈)이
   <완계사(浣溪沙)>(舊薄金釵半舞輕)를 지었는데, 바로 이 일을 가리킨다.
150) 粉雲屛(분운병): 백토로 흰 구름을 그린 병풍. 분(粉)은 백토[畵粉, 白堊]
   이다.
151) 無賴(무뢰): 근거할 바 없다. 어쩔 수 없다.

완계사　제1수

시녀 수춘의 노래

시녀 수춘은 16세에 멍한 듯 아름다운 몸짓을 잘하였다. 여러 딸들이
읊기에 나 또한 장난삼아 짓노라.

소매로 안개 날리고 검푸른 머리 가벼이 날리며
푸른 치맛자락 흰 구름 병풍에서 끌고 나오는데
버들 솜 다 날려도 아직 정은 알지 못하네.

천 번 불러도 마지못해 돌아보곤 나비를 보는 척
반쯤 애교 섞인 말투가 꾀꼬리 같은데
화를 내며 이유도 없이 쟁 소리에 괴로워하네.

『오몽당집·이취』

【해설】 이 사는 시녀 수춘을 노래한 세 딸의 사 작품에 화답하여 지은 2
수의 사 가운데 제1수이다. 아직 어린 수춘이 교태 많은 여인처럼 행동하
는 것을 장난스럽게 노래하였다. 상편은 수춘이 선녀같이 아름다운 것을
노래하였고 하편은 정을 알지도 못하면서 교태를 부리고 근심하는 듯한
행동을 하는 것을 노래하였다. 교태를 부리고 잘 토라지는 수춘의 모습이
눈에 보일 듯이 생생하다.

浣溪沙 其二

春滿簾籠不耐愁.
蔚藍衫子趁身柔.¹⁵²⁾
楚臺風月那禁留.¹⁵³⁾

畫扇半遮微絶面,
薄鬢推掠只低頭.¹⁵⁴⁾
覷人偸自溜雙眸.¹⁵⁵⁾

『午夢堂集·鸝吹』

---

152) 蔚藍(울람): 맑은 하늘 색. 파란색을 가리킨다.
　　 衫子(삼자): 고대 부녀자들이 입었던 소매가 넓은 상의(上衣).
153) 楚臺(초대): 양대(陽臺). 초왕(楚王)이 꿈에 무산(巫山) 신녀(神女)를 만나
　　 사랑을 나누었다고 한다. 이 구는 잠이 들어 꿈속에서 사랑 놀음에 빠
　　 진 것을 가리킨다.
154) 推掠(추략): 밀어 빗질하다. 약(掠)은 빗질하여 정돈한다는 뜻이다.
155) 偸自(투자): 남몰래.

완계사 제2수

시녀 수춘의 노래

봄기운 만연한 주렴 안에서 근심 겨워하더니
파랑저고리가 몸을 따라 부드러이 늘어진 채
사랑 놀음의 초 양대에 머무는 걸 어찌 막으랴.

그림 부채로 발그레한 얼굴을 반쯤 가리다가
얇은 쪽머리 밀어 빗질하며 고개만 숙이는데
사람 훔쳐보곤 남몰래 두 눈을 흘기누나.

『오몽당집·이취』

【해설】 이 사는 시녀 수춘을 노래한 세 딸의 사 작품에 화답하여 지은 2수의 사 가운데 제2수이다. 수춘이 봄잠을 자고난 후 단장하면서 공연히 화내는 것을 장난스럽게 노래하였다. 상편은 수춘이 봄날 주렴 안에서 근심하다 잠든 일을 노래하였고 하편은 잠을 자고나서 단장을 하며 공연히 화내는 것을 노래하였다. 아직 사랑을 해보지도 않았으면서 사랑 때문에 근심하는 척하는 어린 소녀의 모습이 잘 표현되어 있다.

淸平樂 爲侍女隨春作，似仲韶

淩波微步.[156)]

已入陳王賦.[157)]

薄命誰憐愁似霧.

惱亂燈前無數.[158)]

櫻桃紅雨難禁.

梨花白雪空吟.

落得春風消瘦,[159)]

斷腸淚滴瑤琴.

『午夢堂集·鸝吹』

---

156) 淩波(능파): 물 위를 걷다. 미인이 사뿐 거리며 걷는 모습을 가리킨다. 위(魏) 조식(曹植)의 「낙신부(洛神賦)」에 "파도 넘으며 사뿐히 걸으니 비단 버선에 먼지가 이네(淩波微步, 羅襪生塵)"라는 구절이 있다.

157) 陳王賦(진왕부): 위(魏) 조식(曹植)의 「낙신부(洛神賦)」.

158) 惱亂(뇌란): 근심하다. 걱정하다.

159) 落得(낙득): (좋지 못한 결과를) 얻다. 초래하다. ~하는 지경에 이르다.
　　消瘦(소수): 여위다. 수척해지다.

청평악 시녀 수춘을 위해 지었는데 남편의 작품과 비슷하다

시녀 수춘이 걱정스러워

물결 밟으며 사뿐히 걷는 모습
이미 조식의 「낙신부」에 쓰여 있건만
박복한 미인 누가 어여뻐할지 근심이 안개 같아
등불 앞에서 번민한 적이 셀 수없이 많구나.

앵두의 붉은 꽃비 막기가 어렵고
배꽃의 흰 눈송이 공연히 읊고 나니
봄바람에 수척해지고 말아
애끊는 눈물이 화려한 금에 떨어진다.

『오몽당집·이취』

【해설】 이 사는 시녀 수춘을 걱정하는 마음을 노래하였다. 상편은 수춘이 아름다워 불행하게 될까 걱정하는 마음을 노래하였고 하편은 이와 더불어 봄이 가서 슬픈 심정을 노래하였다. 시녀 수춘을 장난스럽게 노래하기도 하였지만 이 작품을 통해 수춘에 대해 걱정하는 마음을 표현하였다.

혼자 부르는 이별가

살면서 수없이 이별하지만
그때마다 슬픈 건
사람의 정 때문이요
나 자신 때문이라

點絳脣 代人寫恨

往事堪悲,
斷魂最是風光好.
又彈別調.
再續應休了.

待欲拋開,160)
忍見雙歡笑.
淸燈悄.
黃花愁老.
恨逐西風曉.

『午夢堂集·鸝吹』

---

160) 待欲(대욕): ~하려 하다.

점강순   대신하여 한을 펴내다

남의 한풀이

지난일 슬퍼할 만하니
넋 나가는 건 제일로 풍광 좋을 때라네.
또다시 이별 곡을 타지만
연이은 연주는 분명 마치지 못하리.

집어치우려다
짝지어 즐기는 모습을 보고야 말았네.
맑은 등불 처량한데
국화는 수심 속에 시들어가고
한은 가을바람 따라 밝아오네.

『오몽당집·이취』

【해설】이 사는 다른 사람을 대신하여 이별의 슬픔을 노래하였다. 상편은
아름다운 시절에 또다시 이별하게 된 것을 말하였고 하편은 가을밤 이별
의 수심에 잠 못 드는 것을 노래하였다. 하편 1~2구는 이별로 인해 슬퍼
하지 않으려고 마음을 단단히 먹었지만 짝지어 노니는 이들을 보고 결국
슬픔에 빠지고 마는 여인의 심경변화를 표현하였다.

如夢令 別恨

殘月斜窺簾色.
香爐夢回難覓.
正是斷腸時,
禁得許多相憶.
岑寂.161)
岑寂.
雁唳一聲寒碧.162)

『午夢堂集·鸝吹』

---

161) 岑寂(잠적): 높고 고요하다.
162) 寒碧(한벽): 차가운 느낌의 푸른 하늘.

여몽령 이별의 한

이별의 한

지는 달 비스듬히 주렴을 엿볼 때
향 꺼지며 깬 꿈은 찾기 어렵구나.
바로 애끊는 이때
수많은 그리움을 견디는데
고요하고
고요한
차가운 하늘에 기러기 소리 나누나.

『오몽당집·이취』

【해설】 이 사는 꿈에서 깨어난 후 이별의 슬픔을 견디는 와중에 기러기
울음소리가 들리는 것을 노래하였다. 기러기 울음소리를 듣고 참았던 감
정이 분출되는 것은 생략함으로써 여운의 묘미를 살렸다.

浣溪沙　暮春感別

芳草連天不耐芟.[163]
柳絲無力繫征帆.
垂條空折手纖纖.

人去河梁生寂寞,[164]
燕歸簾樹自呢喃.[165]
可堪對酒濕靑衫.[166]

『午夢堂集·鸝吹』

---

163) 不耐(불내): ~할 수 없다.
　　　芟(삼): 베다.
164) 河梁(하량): 강다리. 한(漢) 이릉(李陵)의 「여소무(與蘇武)」에 "손잡고 다
　　　리에 오르니 나그네는 저물녘에 어디로 가는가(携手上河梁, 游子暮何
　　　之)"라는 구절이 있다.
165) 呢喃(니남): 제비 지저귀는 소리.
166) 靑衫(청삼): 푸른 관복. 신분이 낮은 관원. 여기서는 남편 엽소원을 가리
　　　킨다.

완계사 늦봄에 이별을 슬퍼하며

늦봄의 이별노래

봄풀은 하늘가로 이어져 벨 수 없고
버들가지 힘없이 떠나는 배 매어둔 때
쳐진 가지 헛되이 꺾는 손이 가늘구나.

사람 떠난 강다리에 적막함이 생겨나건만
제비 돌아온 주렴정자엔 지지배배 소리 절로 나니
술 대한 채 푸른 옷 적시는 이별을 어찌 견디랴.

『오몽당집·이취』

【해설】 이 사는 늦봄에 이별하는 슬픔을 노래하였다. 상편은 봄풀이 하늘
가까지 이어진 강 언덕에서 버들가지를 꺾어주며 이별한 일을 노래하였고
하편은 이별하고 거처로 돌아온 후 제비소리를 듣고 더욱 슬퍼지는 심정
을 노래하였다.

菩薩蠻(碧煙凄影疏梅白)

碧煙凄影疏梅白.
白梅疏影凄煙碧.
春早又傷人.
人傷又早春.

亂魂隨夢斷.
斷夢隨魂亂.
愁寄暮雲流.
流雲暮寄愁.

『午夢堂集·鸝吹』

보살만(벽연처영소매백)

이른 봄의 그리움

푸른 안개 싸늘한 그림자 속에 성긴 매화 하얗고
흰 매화의 성긴 그림자에 싸늘한 안개 푸르네.
봄이 일러 또다시 사람 애달프게 하고
사람 애달프니 또다시 이른 봄일세.

어지러운 넋은 꿈을 따라 끊어지고
끊어진 꿈은 넋을 따라 어지럽네.
수심은 저녁구름에 부치어 떠가고
떠가는 구름은 저녁에 수심을 부치네.

『오몽당집·이취』

【해설】 이 사는 이른 봄 규방 여인의 수심을 회문 형식으로 노래하였다.
상편은 매화 피는 이른 봄을 슬퍼하는 심정을 노래하였다. 봄이 슬픈 이유
는 임이 부재하기 때문인데 이로 인해 하편은 임 그리는 꿈에서 깨어난
후 저녁구름을 보며 수심을 달래는 것을 노래하였다.

浣溪沙(萬里龍沙一望平)

萬里龍沙一望平.[167)
月明蘆管作邊聲.[168)
征人何處不關情.[169)

織盡迴文俱白錦,[170)
落殘珠淚伴青燈.[171)
斷腸脉脉夜寒凝.

『午夢堂集·鸝吹』

---

167) 龍沙(용사): 황량한 사막. 변새를 가리킨다.
168) 蘆管(노관): 갈대 피리.
169) 關情(관정): 정에 이끌리다.
170) 迴文(회문): 시체(詩體)의 한 종류. 바로 읽거나 거꾸로 읽어도 뜻이 통하면서 평측(平仄)과 운이 맞는 형식을 가리킨다. 진(晉) 소혜(蘇蕙)는 남편 두도(竇滔)가 전진(前秦)에서 진주자사(秦州刺使)를 지내다 모함을 받고 유사(流沙, 지금의 신강 백룡탄 사막일대)로 쫓겨난 뒤 그곳에서 첩을 들이게 되자, 고심 끝에 회문시 「선기도(璇璣圖)」를 지어 보내 남편의 마음을 되돌리고 부부의 사랑을 더욱 굳건하게 하였다고 한다.
171) 靑燈(청등): 푸른빛을 내는 기름등잔. 꺼져가는 등불을 가리킨다.

완계사(만리용사일망평)

변방을 바라보며

만 리 밖 변새를 한번 바라보니 평평한데
달 밝을 때 갈대피리 변새 소리 지어내면
멀리 간 사람 어디선들 정에 끌리지 않으랴.

다 짜인 회문사는 흰 비단과 함께하고
다 떨군 눈물방울 푸른 등불 짝하는데
애끊는 심정 막막하고 밤은 한기 어린다.

『오몽당집·이취』

【해설】 이 사는 변새를 바라보다 돌아와서 슬퍼하는 심정을 노래하였다. 상편은 변새를 바라보며 떠나간 사람을 그리워하는 것을 노래하였고 하편은 돌아와서 밤늦도록 회문사를 짜며 슬퍼하는 심정을 노래하였다. 제1구의 '용사(龍沙)'가 어디인지 정확하게 알 수 없다.

憶秦娥 曉起

淸露滴.
鳥聲悄出花陰寂.[172]
花陰寂.
井梧殘月,
曉光零碧.[173]

斷雲依約巫山色.[174]
鉤簾待燕無消息.
無消息.
一江秋怨,
亂煙愁織.

『午夢堂集·鸝吹』

---

172) 悄出(초출): 소리가 작게 나다.
173) 碧(벽): 어둠. 이 구는 새벽이 오면서 검푸른 어둠이 다하는 것을 가리
킨다.
174) 巫山色(무산색): 무산의 구름. 무산 신녀가 아침 구름과 저녁 비로 변화
하면서 사랑을 이룬 일을 가리킨다.

억진아 새벽에 일어나

새벽의 수심

맑은 이슬 떨어지니
새 소리 작게 나고 꽃그늘 적막하네.
꽃그늘 적막한데
우물가 오동나무에 달이 지고
새벽 햇살에 어둠이 스러지네.

조각구름은 무산의 구름인듯하지만
주렴 걷고 제비 기다려도 소식은 없네.
소식은 없으니
온 강물이 가을처럼 원망스러워
어지러운 안개가 근심처럼 엮어지네.

『오몽당집·이취』

【해설】 이 사는 새벽이 오는 모습을 바라보며 슬퍼지는 심사를 노래하였다. 상편은 새벽이 오면서 새가 울고 달이 지는 것을 묘사하였고 하편은 새벽이 와도 소식이 오지 않아 슬퍼지는 심사를 노래하였다. '꽃그늘이 적막하고[花陰寂]' '제비를 기다리는[待燕]' 것으로 볼 때 이른 봄에 지어진 것으로 추정된다.

菩薩蠻 贈張倩倩表妹

雁行吹亂雲邊字.[175]
青衫拭遍天涯淚.[176]
樽酒話愁長.
相看各斷腸.

此番人意熱.
不似前時節.
留語待王孫.
應思一飯恩.[177]

『午夢堂集·鸝吹』

---

175) 이 구는 기러기 행렬이 구름 주변에서 '일(一)'자나 '팔(八)'자를 이루며
　　　나는 것을 가리킨다.
176) 拭(식): 닦다.
　　　青衫(청삼): 푸른 적삼. 여기서는 장천천의 남편 심자징(沈自徵)을 가리
　　　킨다.
　　　天涯淚(천애루): 하늘가에서 고향을 그리며 흘리는 눈물.
177) 一飯恩(일반은): 한 끼 밥의 은혜. 여기서는 장천천을 가리킨다.

보살만 사촌동생 장천천에게 주다

사촌동생 장천천에게

기러기 행렬 구름 가에 글자를 이룰 적에
푸른 적삼의 사람 하늘가 그리는 눈물을 닦누나.
한 동이 술에 긴 수심 말해보지만
바라보면 각자 애만 끊어진다.

이번에는 사람의 의지 뜨거워서
이전 시절과 비슷하지 않구나.
떠난 남편 기다리는 이에게 말해주나니
분명 함께 밥 먹던 은정을 생각할 거라고.

『오몽당집·이취』

【해설】 이 사는 사촌 여동생이자 동생 심자징(沈自徵)의 부인 장천천에게
준 작품이다. 심자징이 천계 4년(1624, 35세) 겨울 북경으로 떠나가서 한
해가 지나도록 돌아오지 않자 천계 6년(1626, 37세) 혼자 지내는 장천천
을 집으로 초대하여 수개월 동안 함께 지냈는데, 이때 지어진 작품으로 추
정된다. 상편은 장천천이 남편을 그리워하며 눈물을 흘리기에 함께 술을
마시며 슬퍼하는 것을 노래하였고 하편은 심자징의 의지가 굳세어 돌아오
진 않지만 그래도 부인을 그리워할 것이라고 위로해주고 있다.

浣溪沙　和君晦[178]

拋擲瓊簫懶弈棋.
粉香融汗潤酥肌.
花時常自怨春遲.

上苑宮鴉啼落日,[179]
畫屏香鴨鎖離悲.
淡勻酒色暈紅腮.

『午夢堂集·鸝吹』

---

178) 君晦(군회): 심자병(沈自炳, 1602~1645). 심의수의 다섯째 동생으로 복사
(復社)에 가입하여 청나라에 항거하다가 실패하여 물에 빠져 죽었다.
179) 上苑(상원): 금릉(金陵, 지금의 강소성 남경)의 어화원(御花園).

완계사　심자병에게 화답하다

동생 심자병에게 화답하여

옥피리 집어던지고 마지못해 바둑 두자니
분향 어린 땀이 피부를 촉촉하게 하는데
꽃필 적엔 항상 봄이 더디다고 원망했단다.

상원의 궁궐 까마귀 우짖는 해질녘
그림 병풍과 오리 향로가 이별로 슬픈 이를 가두는데
술기운 옅게 퍼져 붉은 뺨을 물들이누나.

『오몽당집·이취』

【해설】이 사는 동생 심자병(沈自炳)에게 남경에서의 일상을 알려주는 내용의 작품이다. '상원(上苑)'의 사어로부터 작자가 남경(南京)에서 지내던 천계 7년(1627, 38세)에 지어졌고, 제2구의 '땀이 촉촉하다[汗潤]'는 표현으로부터 남경에 도착한 7월로부터 얼마 되지 않았을 때 지어졌다는 것을 알 수 있다. 상편은 더위 때문에 피리를 불거나 바둑 두는 일이 쉽지 않음을 노래하였고 하편은 이별의 슬픔으로 인해 술을 마시며 지내고 있음을 말하였다. 남경으로 떠나오기 전 동생 심자병의 집에서 장천천과 함께 며칠을 지냈으니 이들과 이별하게 된 슬픔이 더욱 크게 느껴졌을 것이다.

菩薩蠻　送仲韶北上, 迴文

碧煙凄遶愁行客.
客行愁遶凄煙碧.
腸斷隔山長.
長山隔斷腸.

曉風凄月小.
小月凄風曉.
樓倚奈人愁.
愁人奈倚樓.

『午夢堂集·鸝吹』

보살만 북으로 가는 엽소원을 전송하는 회문사

북으로 가는 남편을 전송하는 회문사

푸른 안개 싸늘하게 감돌며 나그네를 근심하고
나그네길 근심 속에 감돌며 푸른 안개 싸늘하다.
애끊는 이는 긴 산에 가로막히고
긴 산은 애끊는 이를 막아선다.

새벽바람 작은 달에 싸늘하고
작은 달은 새벽바람에 싸늘하네.
누대 기대니 사람의 근심을 어이하며
근심하는 이가 누대 기대는 것을 어이하랴.

『오몽당집·이취』

【해설】 작자의 남편 엽소원은 천계 7년(1627, 38세) 3월 남경에 도착하여 4월 남경무학교수(南京武學教授)에 임명되는데, 이 사는 2월에 남경으로 떠나가는 남편을 전송하는 작품이다. 상편은 안개 속에 떠나가는 남편과 긴 산맥에 가로막힌 자신을 노래하였고 하편은 새벽에 누대에 기대 슬퍼하는 것을 노래하였다.

浣溪沙 時往金陵，贈別張倩倩表妹

楓葉無愁綠正肥．[180]
多情空自繞鷗磯．
今宵千里斷腸時．

一棹靑山人正遠，[181]
半床紅豆雨初飛．[182]
別離無奈思依依．[183]

『午夢堂集·鸝吹』

---

180) 『중향사(衆香詞)·악집(樂集)』에는 "단풍잎 지는 오강에 농어가 한창 살
　　져있네(楓落吳江鱸正肥)"로 되어 있다.
181) 棹(도): 배를 젓는 긴 노. 여기서는 긴 산을 세는 양사(量詞)로 사용되었
　　다.
182) 紅豆(홍두): 상사수(相思樹)의 열매. 반은 홍색 반은 검은색으로 되어 있
　　다. 당(唐) 왕유(王維)의 시 「상사(相思)」에 홍두에 대해 "이것이 최고의
　　그리움(此物最相思)"이라고 하였다.
183) 依依(의의): 못내 그리워하는 모습.

완계사　당시 금릉으로 가면서 사촌동생 장천천에게 주며 이별하다

금릉으로 떠나며 사촌동생 장천천에게 주다

단풍잎 시름없이 푸른빛 한창 짙을 때
정 많아 부질없이 갈매기 물가를 에돌지만
오늘밤에는 천 리 먼 곳에서 애끊어지리라.

한 줄기 푸른 산에 사람은 막 멀어지고
반 시렁 홍두처럼 빗방울 막 날아드니
헤어지며 그리움 아득한 것을 어찌하나.

『오몽당집·이취』

【해설】이 사는 천계 7년(1627, 38세) 7월 남경무학교수에 임명된 남편을 따라 남경(당시 金陵)으로 떠나올 때 사촌동생 장천천에게 남겨준 작품이다. 상편은 단풍잎 푸른 여름날 뱃길로 떠나게 됨을 말하였고 하편은 장천천과 헤어질 때 비가 오면서 더욱 슬퍼지는 심정을 노래하였다. '홍두우(紅豆雨)'는 그리움의 비로서 지금 떠나는 자신의 마음속에 장천천에 대한 그리움이 비처럼 쏟아지고 있음을 의미한다.

菩薩蠻 元夕後送別長女昭齊

畵屛開宴燒銀燭.
一樽重按陽關曲.[184]
小院罷燈紅.
落梅吹斷風.

簾前今夜月.
明晩傷離別.
到得看花時.
依然愁獨知.

『午夢堂集·鸝吹』

---

184) 陽關曲(양관곡): 「양관삼첩(陽關三疊)」. 이별곡의 대명사이다. 당(唐) 왕
유(王維)의 「송원이사안서(送元二使安西)」 시에 "다시 한 잔 술 드시라
고 권하나니 서쪽으로 양관을 나서면 친구가 없을 테니(勸君更進一杯
酒, 西出陽關無故人)"라는 구절이 있다.

보살만　정월대보름 지나 큰 딸 엽환환을 전송하여 보내다

정월대보름 지나 큰 딸 엽환환을 떠나보내며

그림병풍 치고 연회 열어 은 촛불 사르며
한 잔 술에 거듭 「양관곡」을 연주하였네.
작은 정원에 붉은 등불 꺼지고
떨어진 매화가 바람에 날리네.

주렴 앞의 오늘밤 달
내일 저녁이면 이별에 마음 아프리.
꽃구경하는 시절이 되면
홀로 알게 될까 여전히 근심스럽네.

『오몽당집·이취』

【해설】이 사는 숭정 4년(1631, 42세) 원단(元旦, 1월1일)에 친정에 와서 정월대보름을 쇠고 돌아가는 장녀 엽환환을 전송하는 작품이다. 장녀 엽환환은 천계 6년(1626, 37세) 10월 원엄(袁儼)의 셋째아들 원숭(袁崧)에게 시집갔는데, 부친 엽소원이 북경의 관직을 그만두고 12월 28일 집으로 돌아오자 오랜만에 온가족이 함께 모여 새해를 맞았던 것으로 추정된다. 상편은 「양관곡」을 연주한 송별연이 끝나자 매화가 날리며 적막해지는 것을 노래하였고 하편은 내일 딸을 떠나보내고 나면 분명 저녁달을 보며 슬퍼할 것이라고 노래하였다. '홀로 알다[獨知]'의 주체는 엽환환으로 큰딸이 가족들과 떨어져 홀로 봄을 맞게 될 것을 미리 염려한 것이다.

更漏子 寄君晦

舊愁新,
新夢去.
長恨畵簾鶯語.
堤草軟,
野花輕.
隨帆送棹行.

鸞鏡掩.185)
翠蛾斂.
襟袖空餘淚點.
生別恨,
伴銷魂.
風吹月照門.

『午夢堂集·鸝吹』

---

185) 鸞鏡(난경): 화장 거울.

경루자 심자병에게 부치다

동생 심자병에게

옛 근심 새삼스럽고
새로운 꿈 사라지니
채색 주렴 꾀꼬리 소리가 늘 원망스럽네.
제방의 풀 부드럽고
들판의 꽃 가벼울 때
돛배 따르며 떠나는 배를 전송했었는데.

난새 거울 덮고서
푸른 눈썹 찡그리는데
옷깃과 소매에 부질없이 눈물자국 남아 있네.
이별의 한 생겨나서
넋 나간 이를 짝하는데
바람이 달빛 어린 문에 불어오네.

『오몽당집·이취』

【해설】 이 사는 동생 심자병에게 부치는 작품으로 이별의 슬픔을 노래하였다. 상편은 자신이 예나지금이나 사람을 그리워하고 있음을 전하고 동생과 이별할 때의 장면을 회상하였다. 하편은 규방에서 눈물 흘리며 이별의 한으로 슬퍼하고 있음을 노래하였다.

桃源憶故人 寄君晦

碧天雁盡梅花曉.
又是元宵過了.
松月小窓殘照.
春雨池塘草.

亂雲煙樹憑靑鳥.[186]
江上風帆越杳.
莫待燕歸花老.
舊約應須早.[187]

『午夢堂集·鸝吹』

---

186) 靑鳥(청조): 전설상 서왕모(西王母)를 위해 서신을 전하는 새.
187) 應須(응수): 응당. 마땅히.

도원억고인 심자병에게 부치다

동생 심자병에게

푸른 하늘에 기러기 다하고 매화 피는 새벽
또다시 원소절이 지나간다.
솔숲의 달은 작은 창에서 빛을 다하고
봄비는 연못가에 풀이 자라게 하누나.

어지러운 구름과 안개 낀 나무 저편 파랑새에게 의지하지만
강위의 바람 탄 배는 갈수록 묘연하구나.
제비 돌아오고 꽃 시들 때까지 기다리지 말고
옛 약속 응당 빨리 지키려무나.

『오몽당집·이취』

【해설】 이 사는 원소절에 동생 심자병에게 보내는 편지 형식의 작품이다. 상편은 원소절이 또다시 지나감을 말하여 동생이 떠난 지 오래되었음을 상기시켰으며 하편은 수평선 멀리 종적이 묘연한 동생에게 빨리 돌아오길 재촉하고 있다. 이 작품을 통해 명대 사(詞) 장르가 시문(詩文)처럼 서신의 기능을 담당한 것을 살펴볼 수 있다.

桃源憶故人　思倩倩表妹

故人別後空明月.
倏忽淸明時節.[188]
簾外子規啼徹.[189]
芳草春絲結.[190]

盈盈一水同吳越.[191]
愁看東風吹歇.
世事浮雲升滅.
休問涼和熱.[192]

『午夢堂集·鸝吹

---

188) 倏忽(숙홀): 매우 짧은 시간.
189) 徹(철): 다하다.
190) 春絲(춘사): 버들가지.
191) 同吳越(동오월): 오월(吳越) 땅과 함께하다.
192) 凉和熱(양화열): 세태(世態)의 차가움과 뜨거움.

도원억고인 사촌동생 장천천을 그리워하며

사촌동생 장천천이 그리워

친구와 헤어진 뒤 부질없이 달 밝더니
어느덧 청명 시절일세.
주렴 밖의 자규 새야 울다 그치지만
봄풀은 봄버들처럼 얽혀 있네.

넘실대는 장강은 오월 땅을 흘러가며
불다마는 봄바람을 근심스레 지켜보네.
세상사야 뜬 구름처럼 오르다가도 사라지는 법
세태가 차가운지 뜨거운지 묻지 마시게.

『오몽당집·이취』

【해설】 이 사는 사촌동생 장천천에 대한 그리움을 노래하였다. 작자는 만력(萬曆) 33년(1605, 16세) 엽소원에게 시집 온 이후 친정에 들를 때마다 장천천과 조우하였다. 제1~2구의 내용으로 볼 때 청명절 이전에 장천천과 만났다가 헤어진 것으로 추정된다. 상편은 헤어지고 나서 다시 봄을 맞았음을 노래하였고 하편은 장강(長江)을 바라보며 세상사에 대한 탄식을 전하고 있다.

踏莎行 其一

君庸屢約,193) 歸期無定, 忽爾夢歸, 覺後不勝悲感, 賦此寄情

粉籜初成.194)
薔薇欲褪.
斷腸池草年年恨.
東風忽把夢吹來,
醒時添得千重悶.

驛路迢迢,195)
離情寸寸.
雙魚幾度無眞信.196)
不如休相再相逢,
此生拚却愁消盡.

『午夢堂集·鸝吹』

---

193) 君庸(군용): 심자징(沈自徵). 작자의 남동생.
194) 粉籜(분탁): 대나무 껍질.
195) 迢迢(초초): 길이 먼 모습.
196) 雙魚(쌍어): 물고기 모양의 뚜껑과 배 모양의 함으로 구성된 목판. 서신
    을 전하는 데 사용되었다.

답사행 제1수

동생 꿈을 꾸고 난 뒤 슬퍼져서

동생 심자징이 누차 약속했지만 돌아올 기약이 정해지지 않던 차에 갑자기 꿈에서 돌아왔는데 깨어난 뒤 슬픔에 겨워 이 사를 지어 마음을 기탁한다. 제1수

대껍질 막 생기고
장미 시들려 할 때
연못가 풀에 애끊어져 해마다 한스럽다.
봄바람이 문득 꿈을 날려 보내지만
깨어나면 수천 겹의 번민만 늘어난다.

역참의 길 아득하고
이별의 심정 마디마디
쌓어가 몇 번이나 와도 참된 서신은 없구나.
서로 다시 만나지 않느니만 못하니
이 삶을 포기하면 근심도 사라지리라.

『오몽당집·이취』

【해설】 이 사는 동생 심자징의 꿈을 꾸고 나서 돌아올 기약이 없는 동생을 원망하는 작품이다. 심자징은 천계 4년(1624) 경제적인 어려움 때문에 북쪽 변방으로 떠났다가 7년이 지난 숭정(崇禎) 4년(1631)에야 집으로 돌아온다. 떠난 지 3년 만에 부인 장천천이 죽는데 이 작품은 그전에 지어진 것으로 추정된다. 상편은 늦봄에 동생 꿈을 꾸고 나서 더욱 근심스러워지는 심정을 노래하였고 하편은 서신이 와도 돌아온다는 기약이 없는 동생을 원망하는 심경을 토로하였다.

蝶戀花 和張倩倩思君庸作[197]

竹影蕭森凄曲院.[198]
那管愁人,
吹破西風面.
一日柔腸千刻斷.
殘燈結淚空成片.

細語傷情過夜半.
陣陣南飛,
都是無書雁.
薄倖難憑歸計遠.[199]
梨花雨對羅巾伴.[200]

『午夢堂集·鸝吹』

---

197) 君庸(군용): 작자의 남동생이자 장천천의 남편인 심자징.
198) 蕭森(소삼): 사물이 시들어 쇠락한 모양.
　　曲院(곡원): 원래 남송(南宋) 시기 술 빚던 곳으로 서호(西湖)의 영은로
　　(靈隱路) 홍춘교(洪春橋) 부근에 있었다. 호숫가에 연꽃을 재배하여 여
　　름에 바람이 불면 연꽃 향기와 술 향기가 사방에 퍼져서 술을 마시지
　　않아도 취한 듯하였다 한다.
199) 작자가 장천천에게 의지가 되지 못하고 그녀의 남편 심자징 또한 돌아
　　올 기약이 없는 것을 가리킨다.
200) 梨花雨(이화우): 비처럼 눈물 흘리는 여인의 모습을 형용한다.

접련화 동생을 그리워하는 장천천 사에 화답하다

동생을 그리워하는 장천천 사에 화답하여

대 그림자 시들하여 곡원에 처량한데
어찌 상관하랴, 근심하는 이가
가을바람에 얼굴 찌푸리는 것을.
하루에도 부드러운 창자 수천 마디 끊어지고
꺼지는 등 앞에서 맺힌 눈물 헛되이 눈물방울 이루네.

속상한 마음 나직이 말하면서 한밤을 보내는데
무리지어 남으로 날아오는 건
모두 서신 없는 기러기라 하네.
박복한 나는 의지하기 어렵고 동생이 돌아올 기약은 요원하니
꽃비처럼 눈물 흘리며 손수건을 짝하네.

『오몽당집·이취』

【해설】 이 사는 떠난 남편을 그리워하는 장천천을 노래한 작품이다. 장천천은 사촌동생이자 동생 심자징의 부인으로, 남편이 북방으로 떠난 천계 4년(1624)부터 병들어 죽는 천계 7년(1627)까지 3년 동안 남편을 애타게 기다렸다. 상편은 남편과의 이별로 인해 슬퍼하는 장천천의 모습을 묘사하였고 하편은 자신이나 동생이나 모두 장천천에게 위로가 될 수 없음을 노래하였다.

風入松 思君晦

柳絲籠碧碧雲低.
淑景遲遲.²⁰¹⁾
問春幾許枝頭也,
野花處處芳菲.
夢遶池塘靑草,
愁聽枝上黃鸝.

小庭疏雨又薔薇.
瘦損紅衣.²⁰²⁾
欲憑遠信靑鸞杳,²⁰³⁾
望天邊、江樹依依.
往事不敢重憶,
雲山極目魂迷.

『午夢堂集·鸝吹』

---

201) 淑景(숙경): 아름다운 시절. 봄날을 가리킨다.
202) 장미꽃잎이 비에 맞아 떨어진 것을 가리킨다.
203) 靑鸞(청란): 파랑새. 전설상 소식을 전하는 새이다.

풍입송 심자병을 그리워하며

동생 심자병이 그리워

버들가지 위의 푸른 하늘 파란구름 낮게 떠가며
봄날은 저문다.
묻노니 봄은 가지 끝에 얼마쯤일까
들꽃이 여기저기 향기롭다.
꿈은 연못가 푸른 풀을 맴도는데
가지 위의 꾀꼬리 소리 근심스레 들리누나.

작은 정원 성긴 비가 또 장미에 내려서
붉은 꽃잎 상하게 하는구나.
머나먼 편지에 기대려 해도 파랑새는 묘연하고
하늘가 바라보니 강가의 나무 아득하다.
지난일 감히 다시 떠올리지 못하고
구름 낀 산 하염없이 바라보다 넋이 나간다.

『오몽당집·이취』

【해설】 이 사는 동생 심자병을 그리워하는 마음을 노래하였다. 상편은 늦
봄에 꿈속을 헤매며 동생생각 하는 것을 노래하였고 하편은 서신이 오지
않아 먼 하늘가만 바라보며 슬퍼하는 것을 노래하였다.

玉蝴蝶 思張倩倩表妹

驀地流光驚換,[204]
畫欄一帶,
煙柳初齊.
乍暖輕寒,
庭院盡日簾垂.
送愁來、數聲啼鳥,
牽夢去、幾樹遊絲.
憶當年,
情含寶帳,
未解春思.

堪悲.
盈盈極目,[205]
幾多江水,
隔若天涯.
恨結丁香,
也應還自怪香鬻.[206]
慢思量、花前舊約,
空惆悵、虛負芳期.
又誰知.
夜窓魂斷,

---

204) 驀地(맥지): 갑자기.
　　　이 구는 계절의 변화를 가리킨다.
205) 盈盈(영영): 가득 찬 모양. 눈에 눈물이 가득한 모양을 가리킨다.
206) 香鬻(향기): 향기로운 신발 끈. 여기서는 떠나온 자신을 가리킨다.

옥호접 사촌동생 장천천을 그리워하며

사촌동생 장천천이 그리워

갑자기 계절 바뀌면서
채색 난간 주변에
봄버들 막 나란해졌지만,
잠시 따뜻하다 살짝 추워져서
정원에 온종일 주렴 드리웠다.
근심 실어오는 몇 마디 새 소리
꿈을 이끄는 몇 가닥 버들가지.
그때를 떠올리면
정겨웠던 휘장에서는
봄 그리움을 미처 알지 못하였지.

슬프구나.
글썽이며 멀리 바라보니
수많은 강물 때문에
하늘가에 떨어져 있는 듯하여,
한이 정향 봉우리처럼 맺히니
다시 떠나온 발걸음을 절로 탓해야만하리.
멋대로 그리노라, 꽃 앞에서의 옛 약속
헛되이 슬프구나, 헛되이 저버린 봄 기약.
또 누가 알랴
밤의 창가에서 넋이 나가고

曉鏡低眉.207)

『午夢堂集·鸝吹』

---

207) 低眉(저미): 고개를 낮게 숙이다.

새벽거울 앞에서 고개 숙이는 줄.

『오몽당집·이취』

【해설】이 사는 사촌동생 장천천과 이별한 후 옛일을 추억하며 그리움과 슬픔 속에서 시간을 보내고 있음을 노래하였다. 어머니를 일찍 여의고 고모의 돌봄을 받고 자란 작자에게 고모의 딸인 장천천은 친자매나 마찬가지였다. 따라서 서로 떨어져 지내는 슬픔은 상당히 컸다. 상편은 봄이 왔지만 아직은 추워서 휘장을 드리운 채 옛일을 떠올리고 있음을 노래하였고 하편은 떠나온 자신을 탓하며 밤낮으로 그리움과 슬픔 속에 시간을 보내고 있음을 노래하였다. 상편 마지막 부분의 함께 지내던 '정겨웠던 휘장[情含寶帳]'과 하편 마지막 부분의 혼자 지내는 '밤의 창가[夜窓]'와 '새벽거울 앞[曉鏡]'은 이별 전후의 상황묘사로서 선명한 대조를 이루고 있다.

179

憶舊遊 感懷，思張倩倩表妹

歎無邊景色，
綠遍垂楊，
紅褪薔薇.
寂寂湘簾晚，
是東風過盡，
燕子還飛.
畫欄幾曲慵倚，
淸露半煙肥.
悵舊恨驚心，
閒愁壓黛，
帶減羅衣.

雲迷.208)
望何處，
有寶鏡銀奩，
筝雁依依.
想杏花梢下,209)
把紅桃玉笛,210)
風月初吹.
故人別後深怨，
螺冷絳仙眉.211)

---

208) 迷(미): 가득히 퍼져있다.
209) 梢(초): 나무의 가지.
210) 紅桃(홍도): 복숭아의 붉은색.
211) 絳仙眉(강선미): 나비 눈썹. 수(隋) 양제(煬帝)가 총애하는 궁녀 오강선
     (吳絳仙)은 긴 나비 눈썹을 잘 그렸는데 황제로부터 값비싼 페르시아

억구유 감회와 아울러 사촌동생 장천천을 그리워하며

감회와 아울러 사촌동생 장천천을 그리워하며

끝없는 풍경에 탄식하나니
푸른빛이 수양버들에 퍼지고
붉은색이 장미꽃에서 옅어지네.
고요하게 상죽 주렴에 날이 저무니
봄바람 지나가고
제비 돌아오는 시절일세.
몇 굽이 채색 난간에 나른하게 기댔더니
반쯤 덮인 안개 속에 맑은 이슬 커지는데,
슬프게도 옛 한에 마음 놀라고
한가한 수심에 눈썹 찌푸렸더니
비단옷 허리띠가 줄어들었네.

구름 가득한데
어디를 바라볼까.
화려한 거울과 은 화장 갑
쟁의 기러기발 아련하던 거기겠지.
살구나무 꽃가지 아래
붉은색 옥피리 잡고
풍월 속에 처음 불던 일 생각나네.
친구와 헤어진 뒤 깊이 원망하여
눈썹먹이 나비 눈썹에서 싸늘한데,

산 나자대(螺子黛)를 끊임없이 하사받았다 한다.

更粉蝶雙翻,
堦前懶自纖履移.212)

『午夢堂集·鸝吹』

---

212) 纖履(섬리): 섬족(纖足). 전족한 작고 고운 발로 여기서는 발걸음을 가리
킨다.

게다가 나비 쌍쌍이 날 때
계단 앞에서 마지못해 발걸음을 옮기다니.

『오몽당집·이취』

【해설】 이 사는 난간에 기대 바라보면서 자신의 감회와 더불어 장천천에 대한 그리움을 노래한 작품이다. 상편은 난간에 기대 가까운 봄 풍경을 바라보면서 마음속의 오랜 슬픔을 제기하였고 하편은 멀리 내다보면서 장편편과의 추억을 떠올린 후 발길을 돌리는 것을 노래하였다. 하편의 시작부분은 문답을 통해 장천천과 함께한 규방공간을 제시함으로써 상편 마지막 구의 '옛 한[舊恨]'과 '한가한 수심[閒愁]'이 장천천에 대한 그리움 때문임을 밝혀놓았다. 난간에 기대 바라보면서 시선을 가까이에서 먼데로 이동하고 시선의 이동과 동시에 자신의 감회에서 장천천에 대한 그리움으로 정감을 자연스럽게 바꾸고 있다.

滿庭芳 春怨

簾月光微,

屛山晝寂,

斷魂長遶離亭.213)

小窓人靜,

無語正傷情.

獨對殘燈明滅,

空憔悴、難問寒英.214)

熏籠倚,

香銷鏤枕,215)

愁極不聞更.216)

淸淸.

聽塞雁,

天邊嘹嚦,217)

往事頻驚.

歎薇花夢杳,218)

翠黛凝橫.

---

213) 離亭(이정): 고대 성궐에서 멀리 떨어진 길가에 휴식 용도로 세운 정자.
이별의 장소이기도 하다.

214) 이 구는 송(宋) 이청조(李淸照) <취화음(醉花陰)>의 "사람이 국화보다 초
췌하구나(人比黃花瘦)"의 의미를 취한 것이다.

215) 鏤枕(누침): 꽃문양이 수놓인 침상.

216) 更(경): 시간을 세는 단위. 시간을 알리는 물시계를 가리킨다.

217) 嘹嚦(요력): 새 우는 소리.

218) 薇花夢(미화몽): 고사리 캐는 봄에 고향으로 돌아오는 꿈. 남편 엽소원
이 고향으로 돌아오길 바라는 심정을 표현하였다. 『시경(詩經)·채미(采
薇)』에서는 변방을 지키러 떠난 사람이 고사리 캐는 봄에 고향으로 돌
아오고 싶은 심정을 노래하였다.

만정방 봄날의 원망

봄날의 원망

주렴의 달은 그 빛이 희미하고
병풍의 산은 그림속이 적막할 때
꿈속의 혼은 늘 이정을 맴도누나.
작은 창가에 인적 고요한 건
말없이 한창 마음 아파해서라.
명멸하며 스러지는 등불을 홀로 대하자니
부질없이 초췌해져 시든 꽃을 묻기 어려워라.
향 등롱에 기대니
향은 아로새긴 침상에서 스러지는데
수심이 극에 달해 물시계소리 듣지 못하네.

맑디맑게
변방의 기러기 소리 들리니
하늘가에서 기럭기럭
지난 일에 자주 놀라게 하누나.
고사리 캐는 봄에 돌아오는 꿈 아득하여
검은 눈썹 가로로 찌푸린 채 탄식하며,

漫說流黃錦字,[219]
何處寄、天上瑤京.[220]
多少恨,
憑風吹去,
飛遶鳳凰城.[221]

『午夢堂集·鸝吹』

---

219) 流黃(유황): 옅은 황색의 물건. 특히 비단을 가리킨다.
220) 瑤京(요경): 옥황상제의 거처.
221) 鳳凰城(봉황성): 경성(京城). 남편 엽소원이 벼슬살이하는 북경(北京)을
　　　가리킨다.

함부로 말하나니 노란 비단의 금자서를
천상궁궐 그 어디로 부치느냐고.
수많은 한을
바람에 실려 보내면
봉황성으로 날아가 맴돌리라.

『오몽당집·이취』

【해설】 이 사는 북경에서 벼슬살이하는 남편 엽소원에 대한 원망과 그리
움을 노래한 작품이다. 상편은 남편 그리는 꿈에서 깨어난 후 등불과 향
등롱을 대하며 근심하는 것을 노래하였고 하편은 남편이 돌아올 기약이
요원하여 금자서를 부쳐봤자 소용없다고 원망하는 심정을 노래하였다. 상
편 마지막부분에서 근심으로 인해 물시계소리를 듣지 못한다고 하였지만,
하편 첫 부분에서 기러기소리는 들린다고 하여 남편의 소식을 전해주는
기러기소리에는 예민한 것을 표현하였다. 원망하면서도 그리워하고 그리
워하면서도 원망하는 것은 사부(思婦)의 전형이라고 할 수 있다.

水龍吟(西風昨夜吹來)

丁卯, 余隨宦冶城,222) 諸兄弟應秋試,223) 俱得相晤. 後仲韶
遷北,224) 獨赴燕中, 余幽居忽忽,225) 怳焉三載. 賦此志慨.

西風昨夜吹來,
閒愁喚起依然舊.
苔錢繡澁,226)
蓉姿粉淡,
悴絲搖柳.
煙褪餘香,
露流初引,227)
一番還又.
想秦淮故迹,228)
六朝遺恨,
江山不堪回首.

莫問當年秋色,
瑣窓長自簾垂繡.229)
淹留歲月,230)

---

222) 冶城(야성): 춘추(春秋) 시기 오왕(吳王) 부차(夫差)가 남경(南京)에 쌓은
　　　 성의 이름.
223) 秋試(추시): 명청(明淸)시기 지방에서 치르던 과거로 가을에 시행하였다.
224) 仲韶(중소): 작자의 남편 엽소원(葉紹袁)의 자(字).
225) 忽忽(홀홀): 실의한 모습.
226) 苔錢(태전): 이끼가 난 모습이 동그란 동전 모양과 비슷하여 '태전'이라
　　　 불렀다.
227) 初引(초인): 첫 당김. 버들가지가 앞뒤로 흔들거리는 것이 무언가를 당
　　　 기는 모습 같다는 것이다.
228) 秦淮(진회): 강소성(江蘇省) 남경(南京)에 흐르는 강물 이름.
229) 瑣窓(쇄창): 사슬 모양을 그리거나 새겨 넣은 문과 창.
230) 淹留(엄류): 세월을 헛되이 보내다.

수룡음(서풍작야취래)

남편이 북경으로 떠난 지 3년 된 가을날 남경의 옛일을 떠올리며

정묘년(1627) 나는 남편 따라 야성 관사에서 살았는데 여러 형제들이 추시(秋試)에 응하여 모두 모여 만날 수 있었다. 나중에 남편이 북경으로 관직을 옮기어 홀로 북경으로 갔기에 나는 낙심한 채 조용히 거하였는데 훌쩍 3년이 지났다. 이러한 생각과 감개를 쓰노라

가을바람 어젯밤 불어오니
수심 이는 것은 여전히 예전 같구나.
이끼의 동전모양 수놓은 듯 껄끄럽고
부용의 자태는 분 바른 듯 담담한데
시든 가지 버드나무에서 흔들린다.
안개에 옅어진 부용의 남은 향기
이슬 흐르는 버들가지의 첫 당김
한 번 다시 또 한 번.
진회하(秦淮河)의 옛 고적과
육조의 남은 한을 생각하면
강산으로 차마 고개 돌리지 못하겠다.

그해 가을 묻지 말라
사슴 문양 창에는 늘 수놓인 주렴 쳐있었지.
세월 헛되이 지나면서

消殘今古,
落花波皺.
容夢初回,[231]
鐘聲半曙,
雁飛歸候.
便追尋錦字春綃,[232]
多付與寒笳奏.

『午夢堂集·鸝吹』

---

231) 容(용): 받아들이다. 수용하다.
232) 錦字(금자): 금자서(錦字書). 전진(前秦)의 소혜(蘇蕙)가 천에 짜서 남편
    에게 보낸 회문시(回文詩). 여기서는 북경에서 벼슬살이하는 남편 엽소
    원(葉紹袁)에게 보낸 시를 가리킨다.

예와 지금의 추억 스러지는데
떨어진 꽃이 물결에 일렁인다.
받아들인 꿈에서 막 깨어나니
종소리 울리며 날은 거의 밝았고
기러기 날아서 돌아오는 때로다.
바로 봄 비단에 쓴 금자서를 찾아보니
피리 연주를 많이도 부탁했었구나.

『오몽당집·이취』

【해설】 이 사는 숭정 3년(1630, 41세) 가을날 남경에서의 옛일을 회상하며 쓴 작품으로, 자녀들이 모두 이 사에 화답하고 이를 부채에 써서 기록하였다. 3년 후에 우연히 부채에 적힌 이 작품을 보고 다시 〈수룡음〉 두 수를 짓게 된다. 상편은 가을이 되면서 남경에서의 옛일이 생각남을 노래하였고 하편은 그해가을 남편이 북경국자감조교(北京國子監助敎)가 되어 북경으로 떠난 후 자신이 금자서(錦字書)를 자주 보낸 일을 노래하였다. 이해 11월 엽소원이 관직을 그만두고 12월 28일 드디어 고향으로 돌아왔으니, 이 작품이 긴 기다림의 막바지에 지어진 것을 알 수 있다.

죽은 이를 그리는 애도가

어이 이리 쉽게 가나
동생 따라 언니 가고
어린 자식 앞세우니
내 어이해 살아갈까

菩薩蠻 對雪憶亡女

疏梅香吐西欄曲.[233]
娟娟一片瀟湘綠.[234]
白雪繞庭飛.
彤雲接樹低.[235]

謝娘何處去.[236]
辜負因風句.[237]
莫把舊詩看.
空憐花正寒.

『午夢堂集·鸝吹』

---

233) 이 구는 엽소란(葉小鸞)의 거처 소향각(疏香閣)을 가리킨다.
234) 娟娟(연연): 길게 굽이지다.
　　瀟湘(소상): 호남성(湖南省) 동정호(洞庭湖) 부근의 소수상강(瀟水湘江)
　　지역. 여기서는 정원에 있는 물가를 가리킨다.
235) 彤雲(동운): 눈 내리기 전에 짙게 깔린 먹구름.
236) 謝娘(사낭): 사도온(謝道韞). 진대(晉代) 사안(謝安)의 조카딸로 문재(文
　　才)가 뛰어났다. 여기서는 문재가 뛰어난 엽소란을 가리킨다.『세설신어
　　(世說新語)·언어(言語)』에 의하면 사안(謝安)이 설경(雪景)을 비유해 보
　　라고 하자, 조카 사랑(謝朗)은 공중에다 소금을 훌뿌려 놓은 것 같다고
　　하고, 사도온은 "바람에 날리는 버들 솜만 못하지요(未若柳絮因風起)"라
　　고 말했다 한다.
237) 辜負(고부): 저버리다.

보살만 눈을 대하니 죽은 딸이 떠올라

눈을 대하니 죽은 딸 엽소란이 떠올라

성긴 매화 향기 내뿜는 서쪽 난간 굽이
길게 굽이진 한 줄기 푸른 소상 강.
흰 눈은 정원을 에워싸며 날리고
먹구름은 나무에 닿을 만큼 낮게 떠있네.

사도온 같은 내 딸은 어디로 가버렸나
바람에 날리는 버들 솜 시구마저 저버린 채.
옛 시를 보지 말아야지
한창 추위속의 매화가 부질없이 안쓰럽네.

『오몽당집·이취』

【해설】 이 사는 소향각(疏香閣)에 눈이 날리는 모습을 보고 죽은 딸 엽소
란이 생각나서 쓴 작품이다. 상편은 소향각에 흰 눈이 날리는 장면을 묘사
하였고 하편은 흰 눈을 버들 솜에 비유했다는 사도온(謝道韞)처럼 문학적
재능이 뛰어났던 딸 엽소란의 죽음을 안타까워하였다. 소향각-눈-사도온-
엽소란-매화로 이어지는 연결이 매우 자연스럽다.

憶秦娥　寒夜不寐憶亡女

西風冽.
竹聲敲雨凄寒切.
凄寒切.
寸心百折,
迴腸千結.

瑤華早逗梨花雪.238)
疏香人遠愁難說.239)
愁難說.
舊時歡笑,
而今淚血.

『午夢堂集·鸝吹』

---

238) 방설헌(芳雪軒)에 거했던 큰딸 엽환환(葉紈紈)의 죽음을 가리킨다.
239) 소향각(疏香閣)에 거했던 셋째 딸 엽소란(葉小鸞)의 죽음을 가리킨다.

억진아 추운 밤에 잠 못 들며 죽은 딸들 생각하다

추운 밤에 죽은 딸들 생각나

서풍이 매섭게 부니
대나무 소리가 빗소리 두드려내며 추위가 심해진다.
추위가 심해지며
마음은 수없이 꺾이고
애간장 수없이 맺히누나.

눈꽃은 미리 배꽃 핀 듯한 설경을 끌어내고
매화는 사람 멀어져 근심을 말하기 어렵구나.
근심 말하기 어렵나니
예전에는 즐겁게 웃었건만
지금은 피 눈물 흘리노라.

『오몽당집·이취』

【해설】이 사는 추운 밤에 죽은 딸들을 생각하며 슬퍼하는 모습을 노래하
였다. 상편은 바람 불고 비가 오면서 추워지자 더욱 슬퍼지는 것을 노래하
였고 하편은 큰딸 엽환환과 셋째 딸 엽소란의 죽음으로 인해 피눈물이 날
정도로 슬픈 심경을 노래하였다. 하편 제1구는 '이화설(梨花雪)'로부터 꽃
같은 눈[芳雪]을 연상시켜 엽환환의 거처 방설헌(芳雪軒)을 제시하였고
제2구는 '소향(疏香)'을 통해 엽소란의 거처 소향각(疏香閣)을 제시하였
다. 나중에는 배꽃과 매화로서 두 딸을 가리키게 된다.

踏莎行 寒食悼女

梅萼驚風,240)
梨花謝雨.241)
疏香點點猶如故.
鶯啼燕語一番新,
無言桃李朝還暮.

春色三分,
二分已過.
算來總是愁難數.
迴腸催盡淚空流.
芳魂渺渺知何處.

『午夢堂集·鸝吹』

---

240) 소향각(疏香閣)에 거했던 셋째 딸 엽소란의 죽음을 가리킨다.
241) 방설헌(芳雪軒)에 거했던 큰딸 엽환환의 죽음을 가리킨다.

답사행　한식날 딸들을 애도하며

한식날 딸들을 애도하며

매화 꽃받침 바람에 흩날리고
배꽃 꽃잎 비에 떨어졌지만
성긴 꽃향기 점점이 아직도 예전 같구나.
꾀꼬리와 제비 소리 한차례 새로워지고
말없는 도리 꽃엔 아침이 다시 저녁 되누나.

봄은 세 시기로 나뉘는데
두 시기가 벌써 지나가니
그리고 보면 결국 근심은 세기 어려운 법.
애간장 졸이며 부질없이 눈물만 흘리는데
꽃다운 영혼 아득하니 어디로 갔는가.

『오몽당집·이취』

【해설】 이 사는 한식날 죽은 딸들을 애도한 작품이다. 상편은 비바람에 매화와 배꽃이 떨어진 뒤에도 봄은 여전히 진행 중임을 노래하였고 하편은 늦봄에 두 딸의 죽음을 슬퍼하며 탄식하는 것을 노래하였다. 매화와 배꽃 같은 두 딸이 죽어서 봄이 다시 오지 않을 것 같았지만, 세월은 또 무심히 흘러가서 또다시 한식날이 되었기에 이처럼 탄식하는 것이다.

蝶戀花(巫女腰肢天與慧)

小婢尋香, 婀娜有致,242) 楚楚如秋棠.243) 可憐年十二而死,
愴然哀之, 賦此.

巫女腰肢天與慧.
淺髮盈盈,
碧嫩紅欄蕙.
滿地鶯聲花落碎.
春茸毳破難重綴.244)

蝴蝶尋飛香入袂.
不道東風,
拍斷遊絲脆.245)
最是雙眸秋水媚.
可憐雨濺臙脂退.246)

『午夢堂集·鸝吹』

---

242) 婀娜(아나): 가볍고 부드러운 모습.
243) 楚楚(초초): 선명한 모습.
    秋棠(추당): 추해당(秋海棠). 베고니아 꽃.
244) 春茸(춘용): 가늘고 부드러운 봄풀. 여기서는 혜초 줄기를 가리키며 심
    향(尋香)을 비유한다.
245) 遊絲(유사): 거미줄처럼 일렁이는 아지랑이. 여기서는 혜초의 향기를 가
    리킨다.
246) 退(퇴): 사라지다.

접련화(무녀요지천여혜)

어린 시녀 심향은 나긋나긋 정취가 있어서 청초함이 추해당 같았다. 안타깝게도 나이 열두 살에 죽으니 슬퍼서 그녀를 애도하며 이 사를 짓노라.

무산 신녀 몸매와 하늘이 주신 지혜
옅은 머리카락 풍성한
붉은 난간의 푸르고 여린 혜초.
온데 가득한 꾀꼬리 울음에 꽃잎이 부서지고
여린 줄기 잘려서 다시 잇기 어렵구나.

나비가 날아들도록 향기가 소매에 배었으니
봄바람이
약한 향기를 끊었다고 말하지 말라.
정말로 두 눈동자 가을 물처럼 예뻤는데
가련하게도 비 뿌리며 연지 빛 사라졌구나.

『오몽당집·이취』

【해설】 이 사는 12살 어린 나이에 죽은 시녀 심향을 애도한 작품이다. 상편은 심향의 모습을 혜초에 비유한 후 죽게 되었음을 노래하였고 하편은 그녀가 봄바람 때문에 죽은 것이 아니라고 밝히면서 그녀의 죽음을 안타까워하였다. 이 작품 이외에도 온 가족이 시녀 수춘(隨春)을 노래한 작품이 있는데, 가족들뿐만 아니라 시녀들과의 유대관계 또한 돈독했음을 짐작할 수 있다.

傷心時候,
又端陽景色,
依然滿目.
暗柳藏鶯千百轉,²⁴⁷⁾
聲遠畫簾風竹.
舊恨吟花,²⁴⁸⁾
新愁泣夢,
細雨凝蒲綠.
淚殘芳草,
斷魂何處難續.²⁴⁹⁾

休說繡鼓年年,
龍舟競渡,
玉盌傾醽醁.²⁵⁰⁾
今古興衰多少事,
不盡沅湘萬曲.²⁵¹⁾

---

247) 轉(전): 새가 지저귀다. 전(囀)과 통한다.
248) 죽은 두 딸을 매화와 배꽃에 빗대어 읊은 작품을 가리킨다.
249) 斷魂(단혼): 슬퍼서 넋이 나가는 것을 가리킨다.
250) 醽醁(영록): 좋은 술.
251) 沅湘(원상): 원수(沅水)와 상수(湘水)를 아울러 일컫는다.

백자령 단오의 애도와 감회를 겸하여

단오 날의 애도와 나의 감회

상심한 시절에도
또 단오날 풍경은
여전히 눈에 가득하다.
무성한 버들에 숨은 꾀꼬리 수없이 울어대서
그 소리가 채색 주렴과 바람결의 대나무에 감돈다.
오랜 한으로 꽃들을 읊조리고
새로운 근심으로 꿈에 울다보니
이슬비가 푸른 창포에 맺히누나.
눈물은 봄풀에 다 흘렸건만
이 슬픔 어디선들 지속되기 어려우랴.

화려한 북 해마다 두드리고
용선으로 빨리 건너기 다투며
옥 사발에 좋은 술 기울인다 말하지 말라.
고금의 흥망사 얼마나 될까
다함없는 원상(沅湘)의 수만 굽이 같으리.

明月山空,
靑松露寂,
煙水長飛鶖.
落霞影裏,
怎如數椽茅屋.

『午夢堂集·鸝吹』

밝은 달빛 속에 산은 텅 비고
푸른 소나무에 이슬 고요한데
안개 낀 물가에 길게 나는 따오기,
노을 진 그림자 속에
몇 채의 초가집과 어찌 같으랴.

『오몽당집·이취』

【해설】 이 사는 단오에 죽은 이들을 애도하고 더불어 자신의 감회를 노래한 작품이다. 상편은 죽은 두 딸에 대한 애도와 새로운 슬픔으로 인해 단오 날에도 상심 속에 지내고 있음을 노래하였고 하편은 고금의 흥망성쇠를 통해 인생무상(人生無常)의 감회를 노래하였다. 상편의 '새로운 근심[新愁]'은 두 딸이 죽은 뒤에 곧바로 엽세칭(葉世倅)이 병들었는데 이 일을 가리키는 듯하다.

水龍吟 悼女 其一

綠陰慘結閒庭,
捲簾不耐看風雨.
竹深煙徑,
柳鋪雲影,
淡然秋浦.
小閣凄凉,
畵屛寂寞,
恨知何許.
聽杜鵑啼罷,252)
落紅吹散,
祗剩得愁如縷.

一自楚些賦後,253)
又嬋娟幾番三五.254)
琴書晝永,
衣香猶在,
綠窓無語.
雪絮吟殘,255)
梨花夢杳,256)

---

252) 聽(청): ~하는 대로 맡겨두다.
253) 楚些(초사): 초혼가(招魂歌). 『초사(楚辭)』 가운데 「초혼가」가 매 구마다
    '사(些)'로 끝났기에 이를 '초사(楚些)'라고 부른다.
254) 嬋娟(선연): 밝은 달을 가리킨다.
    三五(삼오): 보름.
255) 엽소란(葉小鸞)의 죽음을 가리킨다.
256) 엽환환(葉紈紈)의 죽음을 가리킨다.

수룡음 딸들을 애도하며 제1수

딸들을 위한 애도가

녹음이 슬프게 맺힌 한가한 정원
주렴 걷고 비바람 치는 모습을 차마 볼 수 없어라.
대숲 깊숙한 안개 낀 길
버드나무에 펼쳐진 구름 그림자
담박한 가을 물가.
작은 누각 처량하고
그림 병풍 적막한데
한은 얼마일런가.
두견새 울다 그치고
떨어진 꽃잎 흩날리게 두자니
실처럼 감겨오는 근심만 남는구나.

한꺼번에 초혼가 지은 뒤에
저 달은 또 몇 번이나 둥글어졌나.
거문고 타고 책을 봐도 낮은 길기만하고
옷의 향기 여전히 남아있건만
푸른 창가에 말소리는 없어졌구나.
눈이 버들 솜이라던 그 시도 사라지고
배꽃 피는 그 꿈도 아득해졌으니

傷心千古.
倚欄杆,
只有芊綿芳草,[257]
碧絲難數.

『午夢堂集·鸝吹』

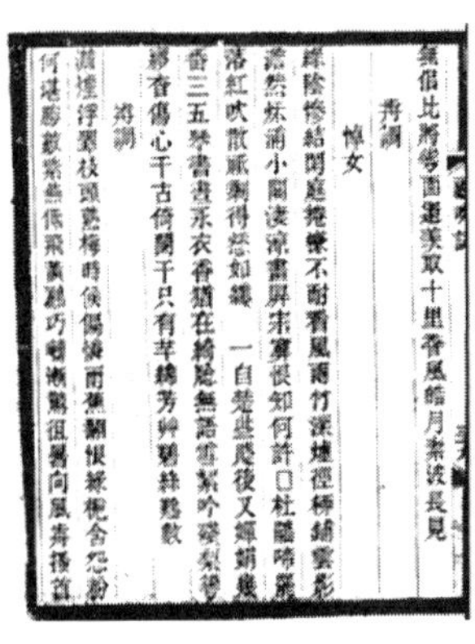

---

257) 芊綿(천면): 초목이 무성한 모습.

아픈 마음 천고토록 오래가리라.
난간에 기대니
무성한 봄풀만이 남았는데
푸른 풀잎 헤아리기 어려워라.

『오몽당집·이취』

【해설】 이 사는 두 딸을 애도한 〈수룡음〉 두 수 가운데 제1수이다. 두 딸들이 죽은 지 얼마 되지 않는 숭정 6년(1633, 44세) 늦봄에 지어진 것으로 추정된다. 상편은 봄이 가는 풍경을 바라보며 죽은 딸들 생각에 근심함을 노래하였고 하편은 딸들이 죽은 뒤 시간은 더디 흐르고 슬픔은 여전히 가시지 않는 상황을 노래하였다. 숭정 5년(1632, 43세) 10월 셋째 딸 엽소란이 죽은 지 두 달 만에 큰 딸 엽환환 또한 죽었으니 그 슬픔은 매우 컸을 것이다.

水龍吟 悼女 其二

淡煙浮翠枝頭,
熟梅時候偏憐雨.
蕉翻恨綠,
梔含怨粉,
何堪勝數.
紫燕低飛,
黃鸝巧囀,
漸驚徂暑.258)
向風前搔頭,
彩雲易散,
不盡淚痕千縷.

寂寂繡床深鎖,
芸箋錦字成遺堵.259)
月殘香冷,
紅消碧碎,
熱腸相許.260)
欲覓仙蹤,
難尋方士,
海天路阻.
漫思量,

---

258) 徂暑(조서): 더위가 가시다. 여름이 가는 것을 가리킨다.
259) 芸箋(운전): 운향(芸香)이 밴 편지.
　　　錦字(금자): 금자서(錦字書).
260) 相許(상허): 윤허하다. 허락하다.

수룡음 딸들을 애도하며 제2수

딸들을 위한 애도가

옅은 안개가 푸른 가지 끝에 떠돌더니
매실 익는 철이라 유난히 비가 안타깝다.
파초는 한스런 푸른 잎을 뒤집었고
치자나무 원망스런 꽃가루를 품는 등
어찌 이루 다 헤아릴 수 있으랴.
자주제비 낮게 날고
노랑꾀꼬리 곱게 울더니
가는 더위에 점차 놀라노라.
바람 앞에서 머리 긁자니
채색 구름 쉽게 흩어지건만
다함없는 눈물자국만 수천 줄기.

적적하니 수놓인 침상 깊이 잠겼는데
운향 편지와 금자서가 무너진 담이 되었구나.
달 지며 향기가 싸늘해질 때까지
붉은 꽃 다하고 푸른 잎 부서질 때까지
애간장 타도록 내버려두노라.
선녀의 자취 찾으려하나
방사를 찾기 어렵고
바다와 하늘의 길마저 험하구나.
마음껏 그리워하나니

總有南山雲竹,²⁶¹⁾
怎書愁譜.²⁶²⁾

『午夢堂集·鸝吹』

---

261) 雲竹(운죽): 구름에 닿을 정도로 높이 솟은 대나무.
262) 긴 대나무에 다 적지 못할 정도로 자신의 슬픔이 크다는 의미이다. 『구
    당서(舊唐書)·이밀전(李密傳)』에 "남산의 대나무를 다 모아 죄목을 적어
    도 마치지 못하리(罄南山之竹, 書罪未窮)" 라는 구절이 있다.

설사 남산의 높이 솟은 대나무가 있다 해도
이 슬픔을 어이 다 적으랴.

『오몽당집·이취』

【해설】이 사는 두 딸을 애도한 〈수룡음〉 두 수 가운데 제2수이다. 상편은
다 익은 매실에 비가 오면서 봄이 가고 여름이 다가올 무렵 여전히 슬퍼
하는 것을 노래하였고 하편은 딸들의 죽음으로 인해 새벽이 될 때까지, 봄
이 다할 때까지 내내 슬퍼하는 것을 노래하였다. 늦봄은 전통적으로 아름
다운 꽃도 지고 푸르른 청춘시절도 다하는 슬픔의 계절인데, 여기에 두 딸
마저 죽고 없으니 그 슬픔은 더욱 컸을 것이다.

213

水龍吟 其一

庚午秋日, 余作水龍吟二闋, 兒輩俱屬和, 書之扇頭. 今又經三載, 偶簡篋中, 扇上之詞宛然, 二女已物是人非矣, 可勝腸斷, 不禁淚沾衫袖, 因屬舊韻賦此.

空明擊碎流光,[263]
迴腸一霎難尋舊.[264]
芳華消盡,
凉蟾何意,[265]
半垂疏柳.
飛葉恨驚,
凝雪愁結,
重重還又.
愴秋霄寥廓,
夜蟲悽楚,[266]
傷心幾回低首.

盼望音容永絶,[267]
斷腸祗剩文如繡.
橫煙拂漢,[268]
征鴻將度,
月寒花皺.

---

263) 이 구는 송(宋) 소식(蘇軾)의 「적벽부(赤壁賦)」의 "달빛어린 물결을 쳐서 빛나는 강물 거슬러가니(擊空明兮沂流光)"라는 구절에서 유래하였다.
264) 一霎(일삽): 한순간. 매우 짧은 시간.
265) 凉蟾(양섬): 싸늘한 달. 섬(蟾)은 두꺼비로 달을 비유한다.
266) 悽楚(처초): 처량하고 슬프다.
267) 音容(음용): 목소리와 얼굴. 죽은 두 딸을 가리킨다.
268) 漢(한): 은하(銀河).

수룡음 제1수

다시 부르는 수룡음

경오년(1630) 가을 내가 〈수룡음〉 두 수를 지었는데 아이들이 모두 화답하고 이를 부채에 적었다. 이제 또다시 3년이 지났는데 우연히 편지함에 부채에 쓴 글은 생생하지만 두 딸들은 이미 이 세상 사람이 아닌지라 애간장이 끊어질 만하여 눈물로 옷소매 적시는 것을 금치 못하고 옛 운자를 이어 이 사를 짓노라.

달빛 어린 강에서 노 저어 은빛물살 부서지듯
한순간에 옛 자취 찾기 어려워 애달프다.
향긋한 꽃들 다 사라졌건만
싸늘한 달은 무슨 의도로
성긴 버들에 반쯤 드리웠나.
낙엽 날리면 회한에 놀라고
눈 엉기면 근심이 맺히는 일
겹겹이 쌓이고 다시 또 되풀이.
슬프게도 가을밤 텅 빈 회랑에
밤벌레소리 처량한데
마음 아파 몇 번이나 고개 숙이는가.

그리운 목소리와 얼굴은 영원히 단절됐지만
애끊게도 수놓은 듯한 문장은 남아 있구나.
긴 안개가 은하수를 스치고
나는 기러기가 지나려는 이때
달빛 싸늘하고 꽃은 쪼그라들었다.

斜日啣江,
圍山歛陌,
昔年時候.
痛而今淚與江流,
總向西風同奏.

『午夢堂集·鸝吹』

기운 해는 강물에 잠기고
둘러싼 산은 길가에 기댔는데
지난 이맘때로구나.
애통하여 이 눈물 강물에 흘려보내니
결국 가을바람 속에 함께 울리리라.

『오몽당집·이취』

【해설】 이 사는 숭정 6년(1633, 44세) 가을, 우연히 편지함에서 3년 전에
자녀들과 창화한 〈수룡음〉사를 보고 옛 생각에 슬퍼져서 다시 옛 운자로
지은 〈수룡음〉 두 수 가운데 제1수이다. 상편은 두 딸이 죽은 후 가을과
겨울이 몇 차례 지나고 또다시 가을이 되어 슬퍼진 것을 노래하였고 하편
은 두 딸은 죽었지만 그들의 문장은 여전히 남아있어 다시 슬퍼지는 심사
를 노래하였다. 두 딸이 가을과 겨울에 잇달아 죽었으니 가을과 겨울은 슬
픔의 계절일 수밖에 없다.

水龍吟 其二

石城潮打千秋, 269)
消磨不盡還相逗.
閒雲無定,
野水長縈,
繽紛遶岫. 270)
古古今今,
朝朝暮暮,
如何參透. 271)
歎依然風景, 272)
茫茫交集,
但憑得秋容瘦. 273)

看取嬋娟秋色,
西風搖落應憐否.
碧天空闊,
寒煙無數,
怨砧凄漏.
把杯邀月,
醉濃愁極,

---

269) 石城(석성): 석두성(石頭城). 강소성(江蘇省) 남경시(南京市) 청량산(淸涼山)에 있다.
　　　千秋(천추): 천 년. 긴 세월을 가리킨다.
270) 繽紛(빈분): 어지러운 모양.
271) 參透(삼투): 철저하게 인식하다. 익숙하게 서로 어우러진 것을 가리킨다.
272) 依然(의연): 변함없다.
273) 秋容(추용): 근심스런 얼굴.

수룡음 제2수

다시 부르는 수룡음

석두성에는 오랜 세월 물결이 치지만
닳아 없어지지 않고 여전히 끌어당기네.
정처 없는 한가한 구름과
길게 휘도는 들 강물이
분분하게 산봉우리 에워쌌네.
예나지금이나
아침저녁마다
얼마나 잘 어우러지는지.
탄식하나니, 변함없는 이 풍경
아득히 모여 있는데
덕분에 근심스런 얼굴 수척해질 뿐이네.

달 밝은 가을풍경 보자니
가을바람에 쇠락함이 분명 가련하지 않은가.
푸른 하늘 공활하고
싸늘한 안개 무수한데
원망스런 다듬이 소리와 쓸쓸한 물시계소리.
술잔 들고 달맞이 하는데
취기 오르자 수심도 극에 달해

情同苦酒.
悵幽山叢桂飄殘,
何處斷香盈袖.274)

『午夢堂集·鸝吹』

---

274) 斷香(단향): 향기.

마음이 쓴 술맛 같네.
슬프게도 깊은 산의 계화는 다 날아갔건만
소매 가득한 이 향기는 어디서 나는 건가.

『오몽당집·이취』

【해설】이 사는 숭정 6년(1633, 44세) 가을, 우연히 편지함에서 3년 전
에 자녀들과 창화한 〈수룡음〉사를 보고 옛 생각에 슬퍼져서 다시 옛 운
자로 지은 〈수룡음〉 두 수 가운데 제2수이다. 상편은 변함없는 남경의 석
두성을 떠올리며 옛 추억에 슬퍼지는 것을 노래하였고 하편은 가을 달밤
에 술을 마시며 슬퍼하는데 어디선가 계화향기가 나는 것을 노래하였다.
마지막 두 구는 딸들이 죽었는데도 불구하고 여전히 그 향기가 느껴진다
는 말로서, 술에 취한 와중에도 딸들의 존재가 여전히 인식되는 것을 알
수 있다.

花心動 憶別

芳草含煙,
送斜陽、枝頭鳥聲啼歇.
弱柳弄條,
輕碧分絲,
過了上元佳節.275)
峭寒庭院簾櫳晚,276)
燃燈罷、蟾光初缺.
暗香滿,277)
東風影裏,
歲華驚瞥.

欲恨無端薄劣.
縈損盡、柔腸百迴千折.278)
曉色入幃,
悵別匆匆,
別語何曾共說.
而今徒有魂旋遶,279)
爭知人心空切.280)

---

275) 上元佳節(상원가절): 원소절(元宵節). 음력 1월 15일.
276) 峭寒(초한): 쌀쌀하다. 가벼운 추위를 형용한다.
　　　簾櫳(염롱): 주렴과 창틀. 규방을 가리킨다.
277) 暗香(암향): 그윽한 향기. 여기서는 매화향기를 가리킨다.
278) 縈損(영손): 근심으로 인해 초췌해지다.
279) 旋遶(선요): 맴돌다. 감돌다.
280) 爭(쟁): 어찌. 즘(怎)과 같다.

화심동 떠난 이들 생각하며

원소절에 떠난 이들 그리워

봄풀이 안개를 머금은 때
석양을 전송하고는 가지 끝의 새소리 울다 그쳤네.
연약한 버드나무 가지를 흔들고
연초록빛이 가지마다 오르면서
이 좋은 원소절이 지나가네.
쌀쌀한 정원 규방에 날이 저물며
사르던 등불 꺼지고 달빛 막 이지러지네.
매화 향기 가득한데
봄바람 그림자 속에
계절의 변화가 언뜻 보이네.

근거 없이 못 났다고 한하려는데
근심스러워 애간장 백 번 천 번 끊어지네.
새벽빛이 휘장에 들어오는데
슬픈 이별 다급해서
이별의 말조차 함께 한 적이 있던가.
이제 부질없이 떠도는 영혼들이
부질없이 끊어지는 이 마음을 어찌 알리오.

祇贏得、悠悠黯然愁結.281)

『午夢堂集·鸝吹』

---

281) 黯然(암연): 슬퍼서 의기소침한 모양.

그저 아득히 암담한 근심만 얻을 뿐이네.

『오몽당집·이취』

【해설】 이 사는 원소절이 되어 다시 봄을 맞게 되면서 죽은 이들을 추억한 작품이다. 숭정 8년(1635, 46세) 봄 「계녀경장전(季女瓊章傳)」과 「표매장천천전(表妹張倩倩傳)」을 쓴 것으로 미루어볼 때, 이 작품에서 말하는 이들은 셋째 딸 엽소란과 사촌동생 장천천을 가리킨다고 볼 수 있다. 상편은 원소절이 지나면서 다시 봄이 다가옴을 노래하였고 하편은 새벽에 떠난 이들을 생각하며 원망어린 심정을 표현하였다. 이해 2월 엽세칭(葉世偁, 18세)의 죽음을 비롯하여 시어머니 풍태부인(馮太夫人, 76세), 다섯 살의 어린 엽세양(葉世儴)까지 죽게 되자 이를 이겨내지 못하고 결국 9월 5일 자신도 한 많은 생을 마감하게 된다.

225

심의수의 생애와 사(詞)의 세계

심의수는 46세의 생애동안 시 6백 여수, 사 190수를 남겼는데, 이 작품들은 그녀의 삶과 밀접한 관련을 맺고 있다. 힘든 삶을 살아가는 틈틈이 시사를 지음으로써 소소한 즐거움을 만끽하고 홀로 지내는 외로움과 자식 잃은 슬픔을 어느 정도 위로받을 수 있었을 것이다. 그녀는 세 딸 엽환환, 엽소환, 엽소란과 소통할 때 주로 여성적인 정감의 사를 활용하였다. 따라서 그녀의 사에는 여성가족간의 소소한 일상이 펼쳐져있고 어머니 특유의 푸근한 정감이 담겨있으며 슬픔을 주체하지 못하는 정서적인 면모가 나타나있다. 이에 다음에서는 심의수의 삶과 사의 세계를 연관 지어 살펴보고자 한다. 이를 통해 명대에 살았던 한 여인의 삶을 눈에 보일 듯 생생하게 되살릴 수 있을 것이다. 홀로 있는 그녀를 이해해주는 시공간, 그녀를 슬프게 하는 사람들, 삶의 즐거운 기억들, 너무도 아픈 삶의 편린들이 4백여 년이라는 시간의 벽을 넘어서 우리들 앞에 여실히 펼쳐질 것이다.

1. 사촌동생 장천천과의 인연

여덟 살 때 (1597) 모친 고공인(顧恭人)이 죽자 심의수는 고모 장유인(張孺人)의 보호 아래 자라게 되었다. 어려서 스승이 따로 없었지만 여자들을 따르면서 글자를 익혔는데 하나를 배우면 열을 알 정도라서 나중에는 서적에 두루 통달하게 되었다. 고모가 데리고 온 장천천은 그녀보다 네 살 아래였는데 한 자매처럼 사이가 좋았다. 이들은 함께 자라면서 동전던지기, 투초놀이, 눈싸움, 중양절의 취화(吹花) 놀이 등

모든 것을 함께하며 서로간의 정을 돈독히 하였다. 열여섯 살 때 (1605) 엽소원과 결혼하게 되자 장유인은 장천천과 함께 장씨 집안으로 돌아갔는데, 이때부터 몇 년 동안 장천천과 떨어져 지내면서 서로를 그리워하였다.

결혼한 지 4년 만에(1611, 21세) 처음으로 친정나들이를 하는데 이때 그동안 보지 못했던 장천천과 만나게 된다. 4월8일 밤 장천천을 비롯한 집안여자 한두 명과 함께 옛일을 이야기하느라 날이 밝는 줄도 몰랐는데, 이때의 일은 장천천과의 추억을 생각할 때마다 즐거운 추억으로 떠오르게 된다.

당시 4월 8일 지는 달이 창에 반쯤 걸리고 물시계가 차츰 떨어질 무렵 두세 명의 여자 친구들과 등불심지를 돋우고 옛일을 이야기하는 사이 정원은 적막하고 난간의 꽃은 환하였는데 동쪽 하늘이 밝아오는지도 알지 못했다. 이별한 후에 서로 오래도록 만나지 못하였다. 일찍이 이날 담소한 일을 떠올리면 일장춘몽 한단몽 같았다.(時初夏八日, 斜月半窓, 金壺漸滴, 與二三女伴, 挑燈話舊, 庭戶寥寥, 欄花灼灼, 不知東方之白也. 別後又相暌闊. 嘗憶昔日言笑, 恍如邯鄲枕中矣)

「표매장천천전(表妹張倩倩傳)」

이때 장천천은 이미 동생 심자징의 부인이 되었는데 이로 인해 심의수는 친정나들이를 할 때마다 그녀와 만날 수 있었다. 이러한 친정나들이는 서너 해마다 한 차례씩 계속된다. 2년 뒤 둘째 딸 엽소환을 낳고나서 간 1613년(23세), 셋째 딸 엽소란을 동생 심자징 부부에게 맡기러 간 1616년(27세), 관직을 그만두고 연석산(硯石山)에 은거하시는 아버지를 뵈러 간 1617년(28세), 가을에 오산(吳山)에서 장천천과 함께 배를 타고 놀았던 1618년(29세), 부친의 사망으로 가게 된 1622년(33세)에 이르기까지, 수차례에 걸쳐 지속적으로 이루어진다.

1626년(37세)에는 친정에 가는 대신 2년이나 집을 떠나있던 동생 심자징 때문에 슬퍼하는 장천천을 자기 집으로 초대하여 수개월 동안 함께 지내게 된다. 올케 장천천의 상황을 안타까워하는 심정은 〈보살만·증장천천표매〉에 잘 나타나있다.

> 떠난 남편 기다리는 이에게 말해주나니
> 분명 함께 밥 먹던 은정을 생각할 거라고.
>
> 이 책의 155쪽 〈보살만·증장천천표매〉 하편

장천천은 남편 심자징이 북방으로 떠난 지 2년이 지나도록 돌아오지 않자 '남편이 자신을 잊은 것은 아닌가.' 하는 의구심에 사로잡혔나 보다. 이런 올케에게 심의수는 동생이 분명 부인을 잊지 않았을 것이라고 그녀를 다독이고 있다. 하지만 이러한 위로에도 불구하고 장천천은 병이 들었고 심의수가 남경으로 떠나기 전 4월 동생 심자병의 집에서 함께 지내던 때 그 병세가 이미 심각한 상황이었다.

이처럼 아픈 장천천을 홀로 남겨두고 남편을 따라 남경으로 떠나는 심정은 실로 착잡했을 것이다.

> 한 줄기 푸른 산에 사람은 막 멀어지고
> 반 시렁 홍두처럼 빗방울 막 날아드니
> 헤어지며 그리움 아득한 것을 어찌하나.
>
> 이 책의 161쪽 〈완계사·시왕금릉, 증별장천천표매〉 하편

이 사는 1627년(38세) 7월 남경으로 떠나면서 장천천에게 이별사로 준 작품이다. 심의수는 이해 4월 남경무학교수(南京武學敎授)가 된 남편 엽소원을 따라 7월에 드디어 가족들과 함께 남경으로 떠나게 된다. 아픈 장천천을 홀로 두고 타향으로 떠나는 심정이야 이루 다 말할 수 없었을 것이다. 남경에 정착한지 넉 달 만에 짧은 남경생활을 마치고 11월 금산(金山, 강소성 鎭江)을 거쳐 비릉(毗陵, 강소성 常州)에 이르렀을 때 한 달 전에 이미 장천천이 죽었다는 부음을 듣게 된다. 결국

이 사는 장천천에게 준 마지막 작품이 되었고 장천천의 죽음은 심의수의 마음 깊이 꽂힌 얼음조각이 되었다.

2. 집을 떠난 남편과 동생에 대한 그리움

심의수의 남편 엽소원은 오강을 대표하는 엽씨 가문출신으로 자가 중소(仲韶)이다. 이 둘의 결혼은 오강 심씨 집안과 엽씨 집안의 결합으로서 오강의 문학세가를 대표할 뿐만 아니라, 명대의 문학세가를 대표하게 된다. 하지만 이 부부의 결혼생활은 결코 행복하지만은 않았다. 심의수는 엽소원과 결혼한 이후 남편의 과거준비를 위해 20여 년간 수시로 떨어져 지내야 했으며, 과거급제 이후에는 북경에서 관리생활을 하는 남편 때문에 3년 내내 떨어져있어야만 했다.

홀로 지내는 생활은 결혼하던 해(1605, 16세)부터 시작된다. 이해 엽소원은 양부(養父) 원황(袁黃)의 집에서 공부하였는데 결혼을 위해 며칠간 잠시 머물렀다 다시 원황의 집으로 돌아간다. 이러한 생활은 엽소원이 진사에 급제하게 되는 1625년까지 지속된다. 엽소원은 1608년에는 과거를 보기 위해 녹성(鹿城, 절강성 溫州)에 2개월 동안 머물렀으며, 1610년에는 친구 장구복(張九服)과 함께 집을 떠났으며, 1611년에는 항주 천축사에 가서 대사에게 예를 올린 후 서호 부근을 유람하였으며, 1615년 춘시(春試)에 낙방한 후 강음(江陰, 강소성)에서 응시하였고, 1618년에는 남경 추시(秋試)를 보기 위해 남경에 가 있었고, 1621년 과시(科試)의 2등이 된 후 1622년에는 화림(華林, 강서성 九江) 모오지(茅五芝)의 집에서 수학하였으며, 1623년에는 난계(爛溪, 강소성 吳江)에서 7월의 세고(世考)를 준비했으며, 1624년에는 다시 남경 추시를 보기 위해 남경으로 떠났으며, 1625년 2월 드디어 진사에 급제하지만 몇 개월간의 유람을 마치고 6월 말이 되어서야 비로소 집으로 돌아왔던 것이다.

20여 년 동안 줄곧 집을 떠나있는 남편으로 인해 심의수는 항상 이별의 슬픔을 안고 살아야만 했다. 1627년 3월 남경으로 떠나는 남편을 위해 「송중소북상(送仲韶北上)·정묘춘(丁卯春)」 시와 더불어 회문(回文) 형식의 사를 지어 자신의 그리움을 표현하였다.

> 푸른 안개 싸늘하게 감돌며 나그네를 근심하고
>
> 나그네길 근심 속에 감돌며 푸른 안개 싸늘하다.
>
> 애끊는 이는 긴 산에 가로막히고
>
> 긴 산은 애끊는 이를 막아선다.
>
> 이 책의 159쪽 〈보살만·송중소북상〉

이 사는 남편과 헤어지는 슬픔을 회문 형식으로 노래하였는데 회문 형식은 원래 시의 한 체재로 바로 읽거나 거꾸로 읽어도 뜻이 통하면서 평측(平仄)과 압운(押韻)이 맞는 형식을 가리킨다. 회문시와 관련된 일화로는 유사(流沙, 신장위구르자치구)로 좌천된 남편이 첩을 들이자 비단으로 짠 회문시 「선기도(璇璣圖)」, 즉 금자서(錦字書)를 보내 남편의 마음을 되돌리고 부부간의 사랑을 더욱 굳건히 하였다는 진(晉)나라 소혜(蘇蕙)의 이야기가 유명한데, 심의수가 시를 쓰고 난 다음 다시 회문사를 쓴 이유도 바로 여기에 있지 않나 생각된다.

남편 엽소원의 북경 관직생활은 1627년 남경무학교수에서 북경국자감조교(北京國子監助教)로 임명되면서 시작되는데, 온가족이 함께 살던 짧은 남경생활을 마지막으로 다시 남편과 떨어져 지내는 생활이 시작된다. 과거를 준비할 때는 남편이 수시로 집에 들렀지만 북경으로 관직생활을 가게 된 이후에는 먼 거리로 인해 만나기는커녕 서신조차 보내기 힘들었다.

> 고사리 캐는 봄에 돌아오는 꿈 아득하여
>
> 검은 눈썹 가로로 찌푸린 채 탄식하며,
>
> 함부로 말하나니 노란 비단의 금자서를
>
> 천상궁궐 그 어디로 부치느냐고.

수많은 한을

바람에 실려 보내면

이 책의 187쪽 〈만정방·춘원〉

이 사는 비단으로 짠 회문사, 즉 금자서를 써 보낼 곳이 마땅치 않자 그저 한을 바람에 실어 북경으로 보낼 것이라고 노래하고 있다. 아마도 남편이 북경으로 간지 3년째 되던 봄(1630)에 지어진 것으로 추정된다. 이해 9월 엽소원이 사직서를 내고 12월 28일 고향집으로 완전히 돌아오게 되면서 25년간에 걸친 심의수의 긴 이별생활도 끝나게 된다.

남편과의 숱한 이별로 인해 마음이 단단해지는 사이, 동생 심자징, 심자병과의 이별 또한 심의수를 슬프게 만들었다. 특히 심자징은 심의수보다 한 살 어린 동생으로 거의 친구 같은 사이인데, 1624년 경제적 이유로 집을 떠나 7년 동안 돌아오지 않았다. 그가 집을 떠난 지 3년 만에 그의 부인 장천천이 병으로 세상을 떠나는데 이 일은 항상 심의수의 마음을 서늘하게 만드는 얼음조각이었을 것이다.

동생이 누차 약속했지만 돌아올 기약이 정해지지 않던 차에 갑자기 꿈에서 돌아왔는데 깨고난 뒤 슬픔에 겨워 이 사를 지어 마음을 기탁한다.

(중략)

대껍질 막 생기고

장미 시들려 할 때

연못가 풀에 애끊어져 해마다 한스럽다.

이 책의 171쪽 〈답사행〉 제1수

이 사는 동생의 꿈을 꾸고 난 뒤 여전히 돌아올 기약이 없는 동생을 원망하는 작품이다. 봄이 가고 여름이 다가오건만 여전히 돌아온다는 소식이 없는 동생이 많이 원망스러웠을 것이다. 북방을 떠도는 심자징이

231

항상 그리움과 아픔의 대상이었다면, 고향집에 사는 심자병은 자신의 상황을 전할 수 있는 친정식구였다. 1627년 남경으로 오기 전에 심자병의 집에서 장천천과 함께 며칠을 보냈는데, 심의수가 친정에 가게 되면 심자병의 집에 자주 들렀던 것 같다. 남경에 온지 얼마 안 되어 누이의 근황을 묻는 심자병의 서신에 심의수는 다음과 같이 답한다.

> 상원의 궁궐 까마귀 우짖는 해질녘
> 그림 병풍과 오리 향로가 이별로 슬픈 이를 가두는데
> 술기운 옅게 퍼져 붉은 뺨을 물들이누나.
>
> 이 책의 157쪽 〈완계사·화군회〉 하편

이 사에서 심의수는 이별의 슬픔으로 인해 남경에서 술을 마시며 지내노라고 답하고 있다. 술을 마셔서 얼굴이 붉어졌다고 말하는가 하면, 상편에서 더워서 땀을 흘리며 만사를 귀찮아한다고 하여, 가족이기에 솔직하게 말할 수 있는 일상의 모습을 노래하고 있다. 하지만 얼마 되지 않아 심자병 또한 집을 떠나면서 이별의 슬픔은 또다시 생겨난다. 심자병이 집을 떠난 시기는 분명하지 않은데, 그가 1629년 외지에서 세 덩어리의 벼루용 석재를 얻어 세 자매에게 미자연(眉子硯)을 만들어주었다는 사실에 근거해보면 1628년 전후에 고향집을 떠난 것으로 추정된다.

> 강위의 바람 탄 배는 갈수록 묘연하구나.
> 제비 돌아오고 꽃 시들 때까지 기다리지 말고
> 옛 약속 응당 빨리 지키려무나.
>
> 이 책의 167쪽 〈도원억고인·기군회〉

> 머나먼 편지에 기대려 해도 파랑새는 묘연하고
> 하늘가 바라보니 강가의 나무 아득하다.
>
> 이 책의 175쪽 〈풍입송·사군회〉

위의 작품들은 모두 심자병의 행적이 묘연하다고 노래하는데, 1629
년 청나라 군대의 침입으로 나라가 혼란해진 시기에 집을 떠나 있었기
에 그 행방에 대한 염려가 더욱 컸던 것으로 생각된다. 이때부터 심자
병을 비롯한 명말 지식인들은 그 안부가 위태로웠던 듯하다. 1645년
명나라가 망한 후 심자병은 항청(抗淸) 운동을 벌였고 그 일이 실패하
게 되자 동생 심자경(沈自駉)과 함께 강에 투신 자결하였으니, 동생에
대한 심의수의 노심초사가 단순히 자기가족에 대한 염려와 걱정만은
아니었으리라.

3. 자녀와의 문학적 교유와 그들의 죽음

심의수는 엽소원과의 사이에서 8남5녀를 얻는데 이들은 모두 부모
의 문학성을 이어받아 뛰어난 문재를 자랑한다. 장남 엽세전(葉世佺,
字雲期, 1614-1659), 이남 엽세칭(葉世偁, 字聲期, 1618-1635), 삼남
엽세용(葉世傛, 字威期, 1619-1640), 사남 엽세동(葉世侗, 字開期
(1620-1657), 오남 엽세담(葉世儋, 字書期, 1624-1643), 육남 엽세
관(葉世倌, 일명 葉燮, 字星期, 1627-1703), 칠남 엽세수(葉世倕, 字
弓期, 1629-1657), 팔남 엽세양(葉世儀, 1631-1636)과 장녀 엽환환
(葉紈紈, 字昭齊, 1610-1632), 차녀 엽소환(葉小紈, 字惠綢, 1613-?),
삼녀 엽소란(葉小鸞, 字瓊章, 1616-1632), 사녀 (상고할 수 없음) 오
녀 엽소번(葉小繁, 字千纓, 1626-?)이 있다. 이 가운데 특히 큰딸 엽환
환, 둘째딸 엽소환, 셋째 딸 엽소란은 어머니 심의수와 함께 시사(詩
詞)를 주고받으며 명대 여성문학을 선도한다.

심의수가 세 딸과 더불어 노래한 작품으로는 시녀 수춘(隨春)을 노
래한 〈완계사〉와 몇 차례에 걸쳐 노래된 〈수룡음〉 두 수를 들 수 있
다. 시녀 수춘은 심의수의 시녀로 나이가 16세인데 아직 짓궂은 아이
다운 행동을 하면서도 짐짓 성숙한 여인처럼 행동하는 양면적인 모습

을 지녔나보다. 이 모습을 재미있게 여긴 세 딸들이 사를 지어 수춘을 놀리자 심의수 또한 이를 재미있게 여기고 자신도 수춘의 노래를 짓게 된다.

欲折花枝嗔舞蝶,　　꽃가지 꺾으려다 춤추는 나비에게 화내고
半回春夢惱啼鶯.　　봄꿈에서 반쯤 깨어 꾀꼬리소리에 화내다
　　큰딸 엽환환 〈완계사(浣溪沙)·동양자희증모비수춘(同兩妹戲贈母婢隨春)〉

慣把白團兜粉蝶,　　습관처럼 흰 부채 잡고서 나비를 잡으며
戲將紅豆彈流鶯.　　장난삼아 붉은 콩을 꾀꼬리에게 던지는데
　　　　둘째딸 엽소환 〈완계사(浣溪沙)·증여비수춘(贈女婢隨春)〉 하편

嗔帶澹霞籠白雪,　　화내면 옅은 붉은 놀이 흰빛 얼굴을 뒤덮고
語偸新燕怯黃鶯.　　말하면 어린제비소리로 꾀꼬리를 겁내는 듯

셋째딸 엽소란
〈완계사(浣溪沙)·동양자희증모비수춘(同兩姊戲贈母婢隨春)〉하편

千喚懶回伴看蝶,　　천 번 불러도 마지못해 돌아보곤 나비를 보는 척
半含嬌語恰如鶯.　　반쯤 애교 섞인 말투가 꾀꼬리 같은데

이 책의 135쪽 〈완계사·기일〉

　세 딸들이 이 사를 지으면서 얼마나 웃었을까. 또 그런 딸들을 바라보며 심의수는 어머니로서 얼마나 흐뭇했을까. 함께 사를 지으며 수춘의 모습을 얘기하고 수춘을 불러 사를 건네주며 장난을 치고 이 일을 어머니에게 전하면서도 즐거워했을 세 딸과 심의수의 모습이 눈에 선하다. 나중에 엽소원 또한 이 이야기를 전해 듣고 〈완계사〉 두 수를 짓는데 그 서문에서 "엽소란이 수춘을 매우 좋아하여 〈완계사〉 사를 지었다. 딸 엽환환, 엽소환, 부인 심의수가 모두 그 사에 화답하였기에 나 또한 두 수를 짓는다.(瓊章極喜之,　爲作浣溪沙詞. 昭齊·蕙

綢·宛君均和之, 余亦作二関)"라고 하였다. 이 말을 근거하면 엽소
란이 가장 먼저 수춘에 관한 사를 지었고 이에 화답하여 두 언니
들과 어머니, 아버지가 차례대로 사를 지은 것을 알 수 있다. 이처
럼 온 가족이 사를 지어 교유하는 것은 가족 모두 문재가 뛰어났
기에 가능한 일이고 여성 가족들 간에 친밀함이 있었기에 가능한
일이라 하겠다.

엽소원이 북경의 관직을 그만두던 1630년(41세) 가을 심의수는 〈수
룡음〉 두 수를 짓는데 자녀들이 모두 이에 화답하여 사를 짓자 이를
모두 부채에 써서 기념해두었다.

> 정묘년(1627) 나는 남편 따라 야성 관사에서 살았는데 여러 형제들이 추시(秋
> 試)에 응하여 모두 모여 만날 수 있었다. 나중에 남편이 북경으로 관직을 옮기
> 어 홀로 북경으로 갔기에 나는 낙심한 채 조용히 거하였는데 훌쩍 3년이 지났
> 다. 이러한 생각과 감개를 쓰노라
>
> 이 책의 189쪽 〈수룡음·서풍작야취래〉 서문

이 사의 서문에 의하면, 남경에서 온가족이 함께 지낼 때 심의수의
동생 심자징과 심자병 등이 추시를 치르기 위해 남경에 오면서 심의수
의 가족 및 친정식구들이 모처럼 한데 모이는 즐거운 시간을 가졌다
한다. 이때의 일을 노래한 심의수의 〈수룡음〉 사를 보고 여러 자매들
이 어머니의 운자를 따라 이 소중한 시간을 추억하였다.

莫問當年秋色,　　　그해 가을 묻지 말라
瑣窗長自簾垂繡.　　사슴 문양 창에는 늘 수놓인 주렴 쳐있었지.

이 책의 187쪽 〈수룡음〉

猶記當初曾約,　　　아직도 그때의 기약을 기억하나니
石城淮水山如繡.　　석두성 진회하에 산은 수놓은 듯했지요.

큰딸 엽환환의 〈수룡음〉

235

幽徑湖山徒倚,　　　　그윽한 길로 호수와 산이 그저 기대있는데

雨方收、苔痕如繡.　　비가 막 그치자 이끼자국 수놓은 듯했지요.

둘째딸 엽소환의 〈수룡음〉

記泊石城煙渚,　　　　석두성 안개 낀 물가에 배 댔던 일 떠올리면

落紅孤鶩常如繡.　　떨어진 꽃잎과 외로운 따오기가 항상 수놓은 듯했지요.

셋째 딸 엽소란의 〈수룡음〉

　　심의수가 남경 관사의 창과 주렴을 노래하자 세 딸은 모두 남경의 석두성과 진회하(秦淮河)를 떠올리면서 큰딸 엽환환은 가을 산을, 둘째 딸 엽소환은 비온 뒤에 다복하게 자란 이끼를, 셋째 딸 엽환환은 강가에 떨어진 꽃잎과 외로이 나는 따오기를 언급하였다. 남경 관사에서의 생활이 비록 넉 달밖에 안 되는 짧은 시간이었지만, 처음으로 가족이 한 공간에 모여 살게 되었고 가족끼리 서로 화합하여 타향살이를 견뎌 내었으니, 그야말로 가족들만의 오롯한 시간이었다고 할 수 있다.

　　그러나 이러한 행복한 시간도 잠시, 1632년 결혼을 앞둔 엽소란이 병을 이기지 못하고 10월11일 세상을 뜨자 동생을 잃은 슬픔에 언니 엽환환마저 두 달 뒤인 12월 세상을 등지고 만다. 두 달 만에 아끼던 두 딸을 여읜 심의수의 슬픔이야 말하지 않아도 짐작할 수 있다.

사도온 같은 내 딸은 어디로 가버렸나

바람에 날리는 버들 솜 시구마저 저버린 채.

이 책의 195쪽 〈보살만·대설억망녀〉 하편

　　이 사는 소향각(疏香閣)에 눈이 날리는 모습을 보고 죽은 딸 엽소란이 생각나서 쓴 작품이다. 소향각은 엽소란이 생전에 지내던 곳으로 오몽당(午夢堂) 서쪽의 작은 누대인데 사방이 매화로 둘러싸여 있어 엽소원이 붙여준 이름이다. 눈이 내리는 모습을 보고 눈송이를 버들

솜에 빗대어 노래한 동진(東晉)의 사도온(謝道韞)을 연상하고 이에 못 지않은 문재를 자랑하던 엽소란이 생각난 것이다. 소향각 남쪽에는 방설헌(芳雪軒)이 있는데 엽환환이 시집가기 전까지 이곳에서 지내면서 엽소란과 시사를 주고받으며 서로 문학적 조언을 아끼지 않았다. 유달리 친했던 자매이기에 겨울 한 철 함께 떠나고 만 것일까? 심의수는 추운 겨울만 되면 일찍 세상을 뜬 딸들 생각에 잠을 이루지 못한다.

눈꽃은 미리 배꽃 핀 듯한 설경을 끌어내고

매화는 사람 멀어져 근심을 말하기 어렵구나.

근심 말하기 어렵나니

예전에는 즐겁게 웃었건만

지금은 피 눈물 흘리노라.

이 책의 197쪽 〈억진아·한야불매억망녀〉

심의수는 딸들의 이름이나 자(字) 대신 배꽃과 매화로써 일찍 떠난 딸들을 호칭하였다. 배꽃은 엽환환이 살았던 방설헌에서 방설(芳雪)의 의미를 살린 것이고 매화는 엽소란이 지내던 소향각에서 소향(疏香)의 의미를 취한 것이다. 아마도 죽은 딸들이 꽃으로 환생하였으면 하는 바람을 표현한 것이리라. 딸들과의 즐거웠던 추억이 이제는 피 눈물 나는 슬픈 일이 되었으니 그 슬픔이 얼마나 큰지 말하지 않아도 알 수 있다. 1635년(46세) 2월 엽세칭의 죽음을 시작으로 3월 시어머니 풍태부인, 4월 어린 엽세양까지 세상을 떠나게 되자 끝내 이를 견뎌내지 못하고 9월 5일 숱한 이별과 사별로 점철된 한 많은 인생을 끝맺게 된다.

심의수(沈宜修) 연표

만력(萬曆) 18년 (1590)	1세	2월16일 출생.
만력 19년 (1591)	2세	동생 심자징(沈自徵) 출생.
만력 20년 (1592)	3세	
만력 21년 (1593)	4세	
만력 22년 (1594)	5세	
만력 23년 (1595)	6세	
만력 24년 (1596)	7세	
만력 25년 (1597)	8세	모친 사망. 고모 장유인(張孺人)의 양육 아래 고모의 딸 장천천(張 倩倩, 4세)과 함께 성장.
만력 26년 (1598)	9세	엽소원(葉紹袁)과 정혼.
만력 27년 (1599)	10세	
만력 28년 (1600)	11세	
만력 29년 (1601)	12세	
만력 30년 (1602)	13세	동생 심자병(沈自炳) 출생.
만력 31년 (1603)	14세	불경 강독.
만력 32년 (1604)	15세	퉁소 배움.
만력 33년 (1605)	16세	6월27일 엽소원에게 출가. 엽소원은 며칠만 묵고 원황(袁黃) 집에 돌아가서 수학.
만력 34년 (1606)	17세	
만력 35년 (1607)	18세	
만력 36년 (1608)	19세	늦가을 고모 장씨를 따라 항주(杭州) 천축산(天竺寺)에 가서 대사에게 예불 드린 후 서호(西湖) 제방을 지나 감.
만력 37년 (1609)	20세	
만력 38년 (1610)	21세	6월 장녀 엽환환(葉紈紈) 출생.
만력 39년 (1611)	22세	늦봄 친정행. 4월8일 동생 심자징에게 시집온 장천천, 집안여성들과 함께 밤새 담화.
만력 40년 (1612)	23세	
만력 41년 (1613)	24세	4월 이녀 엽소환(葉小紈) 출생. 친정 가서 장천천과 상봉.
만력 42년 (1614)	25세	8월 장남 엽세전(葉世佺) 출생.
만력 43년 (1615)	26세	
만력 44년 (1616)	27세	3월8일 삼녀 엽소란(葉小鸞) 출생. 9월 엽소란을 동생부부인 심자징과 장천천에게 보내 양육시킴.
만력 45년 (1617)	28세	늦가을 친정 가서 장천천과 상봉.
만력 46년 (1618)	29세	3월 이남 엽세칭(葉世偁) 출생.

		가을 장천천과 오산(吳山)에서 배를 타고 유람. 때마침 남도(南都) 추시(秋試)를 보고 돌아오는 남편을 만나 장천천과 헤어진 후 함께 돌아옴.
만력 47년 (1619)	30세	7월2일 삼남 엽세구(葉世俅) 출생.
만력 48년 (1620)	31세	8월15일 사남 엽세동(葉世侗) 출생.
천계(天啓) 원년 (1621)	32세	엽소원 과시(科試) 2등 합격.
천계 2년 (1622)	33세	1월21일 부친 심충(沈玒) 사망으로 인해 친정에 가서 장천천과 함께 슬퍼함.
천계 3년 (1623)	34세	남편이 난계(爛溪) 주씨(周氏) 집에서 세고(歲考) 준비. 딸 주읍분(周挹芬) 얘기 들음.
천계 4년 (1624)	35세	2월19일 오남 엽세담(葉世儋) 출생. 겨울 심자징이 경제적 어려움 때문에 북방 변새로 떠남.
천계 5년 (1625)	36세	엽소원이 원엄(袁儼)과 함께 진사 삼갑(三甲). 11월 엽소란(10세)이 동생집에서 돌아옴. 엽소원 북상(北上)하여 산동(山東) 지남.
천계 6년 (1626)	37세	4월 오녀 엽소번(葉小繁) 출생. 10월 장녀 엽환환 출가. 북상한 동생 심자징이 돌아오지 않자 홀로 있는 장천천을 집으로 맞아들여 몇 개월 함께 지냄.
천계 7년 (1627)	38세	2월 북상하는 엽소원 전송. 3월 엽소원은 남경에 이르러 교직에 나감. 4월 엽소원이 남경무학교수(南京武學敎授)에 배수됨. 초여름 심의수는 심자병의 집에서 장천천과 함께 모여 며칠을 보냄. 7월 장천천에게 이별시를 보낸 후 남편을 따라 북상. 9월29일 남경에서 육남 엽세관(葉世倌) 출생. 11월 엽소원이 북경국자감조교(北京國子監助敎)에 배수됨. 11월17일 관사를 떠나 금산(金山), 비릉(毗陵)을 거쳐 24일 집으로 돌아옴. 도중에 장천천이 10월 22일 34세의 나이로 사망했다는 소식 들음.
숭정(崇禎) 원년 (1628)	39세	3월1일 엽소원이 집을 떠나 북경으로 감. 3월10일 고모 장씨를 따라 엽소란과 함께 항주 천축사에 가서 대사에게 예불 드리고 〈망강남·호상곡〉12수 지음. 11월15일 엽소원이 조서를 받고 남하하여 집에 옴. 엽소란(13세)이 북경의 심자징에게 사 2수와 7언절구 몇 수를 보내 홍엽사(紅葉社) 사우(社友)들에게 칭찬받음.
숭정 2년 (1629)	40세	3월11일 시어머니 풍태부인(馮太夫人)의 희수연(喜壽宴). 10월 엽소원이 북경으로 북상. 11월 칠남 엽세수(葉世倕) 출생.
숭정 3년 (1630)	41세	1월 16일 엽소원이 북경에서 조양문성수(朝陽門城守)에 임명됨.

		가을 심의수가 〈수룡음〉 2수를 짓자 자녀들이 모두 화답해서 부채에 써넣음. 9월 엽소원이 사직상소 올림. 11월 엽소원의 상소가 받아들여져 12월28일 집에 도착. 엽소환 출가.
숭정 4년 (1631)	42세	원단(元旦) 가족 모임. 장녀 엽환환도 옴. 6월24일 엽소원이 지은 〈수룡음〉에 심의수와 자녀들이 모두 화답. 11월 팔남 엽세양(葉世儴) 출생. 동생 심자징 귀가.
숭정 5년 (1632)	43세	여름 가뭄으로 분호(汾湖)의 물이 말라 태호석(太湖石)이 드러났는데 5월17일에야 비가 내림. 7월15일 엽소원이 태호석을 싣고 오자 다투어 「汾湖石記」를 지음. 8월 엽소란이 「의연주(擬連珠)」 9수를 지어 심의수에게 주자 심의수 또한 11수를 짓고 엽소원이 이에 화답함. 9월 5일 엽환환이 본가로 돌아감. 10월11일 엽소란 사망. 12월22일 엽환환 사망
숭정 6년 (1633)	44세	봄에 엽세전, 엽세칭, 엽세용이 함께 과거를 치렀는데 엽세칭만 떨어지며 병이 남. 가을 편지함을 정리하다 부채의 〈수룡음〉사를 보고 다시 옛 운자대로 〈수룡음〉사를 지음.
숭정 7년 (1634)	45세	4월 심의수 병이 났다 7월에야 일어남.
숭정 8년 (1635)	46세	봄에 「계녀경장전(季女瓊章傳)」, 「表妹張倩倩傳」 지음. 2월24일 엽세칭(18세) 사망. 3월17일 시어머니 풍태부인(76세) 사망. 4월16일 엽세양(5세) 사망. 9월5일 사망.
숭정 9년 (1636)		9월 엽세원이 『오몽당집(午夢堂集)』 편찬.

명대여성작가총서⑬심의수사선

꾀꼬리 소리 봄바람에 실려

지은이 ‖ 심의수

옮긴이 ‖ 김수희

펴낸이 ‖ 이충렬

펴낸곳 ‖ 사람들

초판인쇄 2014. 6. 20 ‖ 초판발행 2014. 6. 25 ‖ 출판등록 제395-2006-00063 ‖ 주소 경기도
파주시 탄현면 갈현리 668-6 ‖ 대표전화 031. 969. 5120 ‖ 팩시밀리 0505. 115. 3920 ‖
e-mail. minbook2000@hanmail.net

※ 이 책의 출판권은 도서출판 사람들이 소유하고 있습니다. 무단전재와 복사를 금합니다.

※ 잘못된 책은 구입하신 곳에서 바꿔드립니다.

※ 값은 표지에 있습니다.

ISBN 979-11-85501-07-9 93820